Eb

Rebekka W.R. Bremmer

Eb

Amsterdam · Antwerpen
Em. Querido's Uitgeverij BV
2012

Eerste, tweede (e-book), derde en vierde druk, 2012

Deze uitgave kwam tot stand door bemiddeling van
Sebes & Van Gelderen Literair Agentschap te Amsterdam.
Zie ook www.BoekEenSchrijver.nl

Omslag Anneke Germers
Omslagbeeld Ricardo Demurez / Trevillion Images
Foto auteur Allard de Witte

ISBN 978 90 214 4188 7 / NUR 301
www.querido.nl

Voor Cristián, mijn man

DE EILANDERS

Geeske
Trijntje, de dochter van Geeske en Johannes
Geesje, de kleindochter van Geeske en Johannes
Hinrik en Fenne, de ouders van Geeske
Hattie, Elsje, Mina en Fenne, de zussen van Geeske
Jochem, het broertje van Geeske
Dirk, de man van Trijntje, de vader van Geesje
Jan, Geeskes zwager, de man van Fenne
Hinrik, Jantje, Fennetje, Reitse, de kinderen van
   Jan en Fenne
Wendel, haar dochters Rinske en Jildou
Ada, haar zonen en dochters
Marrigje en Goffe
Jorrit en Jikke, hun dochter Jaukje
Harmke, haar dochter Ietske
Jakob de Oude, de vuurtorenwachter
Jakob de Jonge, de strandjutter

DE OVERKANTERS

Johannes, de man van Geeske
Alderina, de moeder van Johannes
Aleid, de eerste vrouw van Johannes
Hilger, de postbode
Gezientje
Ouwe Klaas, visser

DOODTIJ

Gezientje keek uit over de zee. Het water glinsterde in de zon, alsof de zee bedekt was met een laagje zilver dat de stralen van de zon opving en weerkaatste. Het was doorschijnend, licht van kleur. Ze bleef ernaar kijken. Zo veel water, er leek geen einde aan te komen. Om haar heen een kabaal van jewelste. Niet alleen van de ruisende golven en de krijsende zeemeeuwen, maar ook van de visvrouwen die hun waar aan de man probeerden te brengen, de mannen die elkaar bevelen toeriepen en de grommende honden die tussen de mensen door op zoek gingen naar iets te eten. Het was druk op de kade.

'Hé, ga 's aan de kant!'

Een visleurster duwde haar met haar volle korf vis opzij. Een vis boven op de stapel glibberde een eindje naar beneden. Een visser met een net over zijn schouder botste tegen haar op en wierp haar een geërgerde blik toe.

'Kijk 's uit je doppen!'

Ze deed een stapje naar achteren en struikelde over het uiteinde van zijn net, dat over de grond sleepte. Hij trok het net onder haar voeten vandaan en liep vlug verder.

'Troela,' mompelde hij hoofdschuddend.

Ze kon nog net haar evenwicht bewaren. Ze zag hoe een jongen verse vis vervoerde in zijn hondenkar en hoe de zeemeeuwen hem volgden. Sommige meeuwen doken ineens omlaag om een stukje weggegooide vis naar binnen te werken, zonder zich af te laten schrikken door de mensen of de honden. Ze wurmde zich langs een aantal viswijven en liep op een van de bomschuiten af. Haar klompen op de kinderkopjes weerklonken hard en het geluid voegde zich bij al het andere lawaai. Twee vissers stapten van de schuit op de kade. Tussen hen in bevond zich een lange stok, die als een soort juk op hun schouders rustte en waar verscheidene manden met vis aan hingen.

'Neemt u mij niet kwalijk...' begon ze, maar de vissers hadden geen oog voor haar en liepen door. Ze riep naar een andere visser die op het dek de manden aan het sorteren was. Hij keek haar met toegeknepen ogen aan en legde zijn hand achter zijn oor om haar beter te kunnen horen. Ze deed een stapje dichterbij.

'Ik zou graag naar het eiland willen...'

'Dan hoop ik dat je kan zwemmen!'

Hij haalde zijn neus op en spuugde overboord. Hij liep naar een van de manden en begon die naar de andere kant van het dek te schuiven. Ze probeerde het nog eens.

'Is er niemand die die kant opgaat?'

''k Zou niet weten wie. De eilanders komen nog lang niet aan wal en zijn ze er wel, dan gaan ze met de vangst direct naar huis. En niemand hier gaat naar 't eiland. Waarom zou je?'

Hij draaide haar zijn rug toe en begon weer met de manden te schuiven. Ze keek om zich heen. Op het strandje lag een aantal boten, maar er stond niemand bij in de buurt. Voorzichtig betrad ze het zand, dat stevig aanvoelde onder haar voeten. Er lagen kiezels en zeewier en van die lange schelpen, scheermessen, die Johannes wel eens voor haar had meegenomen. Ze bukte zich om wat zeewier op te rapen. Het was helemaal verdroogd en had kleine bubbeltjes. Ze nam een van de zeewierbolletjes tussen duim en wijsvinger en schrok een beetje toen het uiteenspatte. Ze liep weer terug naar de kade waar een groepje viswijven stond, die ophielden met praten zodra ze naast hen kwam staan. Ze werd van top tot teen bekeken, van haar oorijzer tot aan haar gele klompen. De vrouwen droegen allemaal hun werkdracht en daar stak zij in haar zondagse kleren fel tegen af.

'Neemt u mij niet kwalijk, weet u misschien of er nog iemand naar het eiland gaat?'

De vrouwen schudden hun hoofd.

'Niemand gaat die kant op.'

'Niemand?'

'Misschien Hilger. Als je ervoor wilt betalen.'

Ze knikte en het viswijf riep een jongetje bij zich, dat ze opdroeg Hilger te gaan halen. Het jongetje rende weg en ze bleef staan wachten. Ze knikte naar de vrouwen, maar die bleven nors voor zich uit kijken, dus draaide ze zich een beetje meer richting de zee zodat ze zich ervan kon vergewissen dat die daar nog lag. Ze zag hoe een vrouw een grote, koperen kookketel naar de branding droeg en vulde met water. Ze zeulde de ketel terug naar de kade waar een vuurduveltje stond en een garnalenkorf. De vrouw leegde de korf in de ketel. Het jongetje kwam teruggerend, en een man sjokte achter hem aan. In zijn hand hield hij

11

een postzak waar zo te zien niet veel in zat. Met zijn hoofd gebood hij haar achter hem aan te lopen.

'Gaat u naar het eiland?'

Hij knikte en liep naar een van de bootjes. Hij gooide de postzak erin.

'De klompen uit.'

Ze keek naar zijn voeten. Hij droeg geen klompen, maar hoge laarzen over een zwarte broek. Net toen ze er iets van wilde zeggen, begreep ze dat het om haar eigen klompen ging. Ze deed ze snel uit en stopte haar kousen erin. Daar stond ze dan, in elke hand een klomp. Haar voeten zakten een eindje weg in het vochtige zand. Het voelde koel aan en ze zette een stapje opzij alsof ze daarmee de kilte kon verdrijven. Hilger nam de klompen van haar aan en wees naar haar spoormandje. Ze liet de hengsels van haar arm glijden en reikte het hem aan. Hij legde de mand en haar klompen in het bootje. Daarna duwde hij het bootje ver genoeg het water in om door de golven te worden opgepakt en hun gewicht te kunnen dragen. Hij wachtte. En zij stond daar in het zand en keek uit over de zee. Hij schraapte zijn keel. Ze draaide zich naar hem toe en hij wenkte haar.

'Door het water?'

Hij haalde zijn schouders op zonder het bootje los te laten. Haar adem stokte toen ze haar voeten in het ijskoude water zette. Ze hees haar rokken op waardoor haar enkels zichtbaar werden. Hilger wendde zijn blik af. Ze trok haar rokken nog wat hoger op en voelde de kleine golfjes omslaan op haar wreven. Het kietelde. Ze waadde verder het water in totdat ze naast het bootje stond. Hilger liet een hand los

12

en zakte een stukje door zijn knieën. Van zijn hand maakte hij een kommetje. Zij probeerde haar rokken in de ene hand te frommelen en met de andere hand de rand van de boot vast te pakken. Het bootje zakte dieper weg in het water en duwde tegen haar aan. Ze stapte met een voet in de hand van Hilger en zette zich met de andere af. Half rollend viel ze in het bootje en Hilger sprong achter haar aan. Het bootje schommelde hevig en ze gaf een gil.

'Hij houdt het niet!'

Hilger grinnikte, gaf haar een hand en trok haar omhoog zodat ze op het bankje tegenover hem kon gaan zitten. Hij stak een roeispaan in het water en het bootje begon te draaien. 'Er is heel wat meer voor nodig om dit bootje te laten zinken.'

Ze ordende snel haar rokken, trok ze zo ver mogelijk naar beneden en hield zich met beide handen aan het bankje vast. Hilger liet nu ook de andere roeispaan in het water glijden en begon te roeien. Ze keek langs Hilger heen naar de kade waar de visleursters hun waren aanprezen, waar de vissers hun korven met vis en garnalen aanleverden en de oude vissers netten zaten te breien. Iedereen schreeuwde en liep door elkaar heen. Een man probeerde met zijn armen de zeemeeuwen te verjagen. Katten slopen tussen de benen van de vissers door en kaapten stukjes vis voor de vogels weg, die verschrikt opvlogen en even in de lucht bleven hangen voordat ze zich weer op de grond waagden. Ze zag de vrouw die garnalen stond te koken. Ze hing met haar hoofd boven de grote ketel. De stoom dwarrelde langs haar gezicht de lucht in. Hilger had het zeil losgeknoopt en stuurde met een roeiriem de boot, wachtend totdat het zeil de wind zou vangen. Gezientje begon aan de beweging van de boot te wennen, aan het gezicht van de wal die op en neer bewoog, alsof het het land was dat golfde. Haar handen ontspanden zich een beetje, de kleur kwam langzaam in haar vingers terug.

'Ik heb nog nooit gevaren.'

'Dat meende ik al.'

'Vandaag heb ik voor het eerst de zee gezien.'

Hilger hield even stil. Hij opende zijn mond om iets te zeggen, maar schudde toen zijn hoofd. De wind gaf een korte ruk aan het zeil. Heel even was het alsof ze stilstonden en boven de golven dreven, om daarna terug in het water gezogen te worden, iets dieper dan voorheen. Hilger haalde de roeiriemen op en legde ze naast zich neer.

'Ze is kalm vandaag.'

'En gisteren?'

'De hele week. We hebben weinig storm gehad deze zomer.'

Ze keek naar het water. Het was niet egaal blauw, maar vertoonde verschillende kleuren en blauw zat er eigenlijk nauwelijks bij. Veel grijs en groen en alles ertussenin. Kleine golfjes sloegen om en lieten witte randjes schuim achter, zoals een kanten zoompje aan een onderrok. Ze zag hoe ze steeds verder van de kade vandaan voeren en ze keek over haar schouder om te zien of ze het eiland al zag liggen. Ze zag alleen maar zee.

'Gaat u vaak naar het eiland?'

'Eens per week. En wanneer ze de dominee nodig hebben.'

Ze staarde in de verte en knikte bijna onzichtbaar.

'Is...' begon ze, maar ze ging niet verder. Ze beet op haar lip en draaide zich naar Hilger toe. 'Is de dominee de afgelopen dagen nog op het eiland geweest?'

'Nee. Die predikt alleen de laatste zondag van de maand op het eiland. En hij gaat als er iemand gedoopt, getrouwd of begraven moet worden.'

Ze zuchtte en prevelde iets voor zich uit. Ze luisterde naar het ruisen van de golfjes die zich verzamelden aan de zijkant van de boot, daar waar het water eindigt en de lucht begint. Ze liet zich meevoeren.

'Mag ik mijn hand in het water steken?'

'Wat u wilt.'

Ze schoof een eindje op naar de rand van het bootje en pakte die met één hand stevig vast. Haar andere hand liet ze in het water zakken. Ze liet haar meedrijven met de golfjes rondom de boot en voelde hoe het water langs haar vingers gleed. Ze sloot haar ogen, voelde de zon op haar gezicht branden, terwijl een briesje de haren die onder haar kapje uit staken oplichtte. Onder haar deinde de boot. Haar lichaam werd vanzelf heen en weer gewiegd en ze begon te knikkebollen, totdat haar kin op haar borst viel en daar bleef liggen.

'Mevrouw... mevrouw!'

Hilger trok aan haar mouw. Ze schrok overeind en bracht het bootje aan het wiebelen. Hilger hield haar bij een arm vast en met zijn andere hand wees hij.

'Daar is het eiland.'

Met een ruk draaide ze zich om. Ze richtte zich

op. In de verte lag het eiland, alsof het vanuit het niets was opgerezen. Ze zag de rondingen van de duinen en de Noordhoorn, de vuurtoren, op het hoogste punt. Ze schermde haar ogen af met haar handen om beter te kunnen zien, maar de zon was te fel. Ze wendde haar hoofd af en zocht haar mand. De boot bewoog mee met haar gewicht en ze ging snel weer zitten, met het spoormandje tegen zich aan gedrukt. Boven de boot cirkelden de meeuwen, die af en toe naar beneden doken, tot net boven hun hoofden. Er was niets voor ze te vinden en krijsend vlogen ze weer weg. De boot voer zachtjes verder en het eiland begon zich steeds duidelijker af te tekenen. Ze zag de huisjes die op een rij stonden langs de zeereep, die vanaf het strand naar boven klom. Ze zag hoe iemand water haalde bij de dorpspomp, hoe een kromgetrokken oude visser met een net in zijn handen uit zijn huisje kwam en hoe een paar tanige vrouwtjes in hun deuropening stonden met breiwerk in hun handen en met peutertjes die zich vastklampten aan hun rokken. Hilger haalde het zeil in en knoopte het weer vast. De boot draaide en met een roeiriem in het water gestoken, stuurde hij hem de goede kant weer op. Toen begon hij te roeien. Ze kwamen steeds dichterbij. In de branding schrokte een grote zwarte watervogel met een lichte buik in een aantal schokkende bewegingen een vis naar binnen en ze zag hoe de vis door zijn keel naar beneden gleed. Ze zag de glooiing van het eiland, de toppen van de duinen en hoe het binnenland daarachter verborgen lag. Ze zag het laatste huisje van het dorp, dat boven aan de duinenrij stond, waar die overging in het strand.

'Doodtij. Ik kan niet zo ver het strand op omdat de vloedlijn niet zo ver reikt.'

Ze keek hem aan, maar zei niets.

'Doodtij,' herhaalde hij. 'Als de zon en de maan haaks op elkaar staan en allebei aan de zee trekken, dan stijgt het water minder. Als er aan beide kanten aan je getrokken wordt, kun je geen kant op. U zult een eindje verder moeten lopen.'

Hij trok de roeispanen uit het water en legde ze weer op de bodem van de boot. Daarna greep hij de rand van het bootje met beide handen vast en zwaaide zijn benen eroverheen. Het bootje leek eerst tot stilstand te komen, maar begon toen te draaien om zijn as. Hilger pakte het beet en trok het mee. Ze wilde opstaan.

'Wacht,' zei Hilger en hij liep tot zo dicht mogelijk bij het strand, het bootje achter zich aan trekkend. Hij kwam naast haar staan, zonder de boot los te laten.

'Leun met uw handen op mijn schouders.'

Ze legde haar handen op zijn schouders en duwde zichzelf omhoog. Ze voelde het bootje onder zich wiebelen en ze wilde bijna weer gaan zitten, maar ze liet voorzichtig een hand los om haar rokken weer bijeen te rapen en liet een voet in het water glijden en daarna de andere. Het water leek minder koud dan de eerste keer dat ze erin stapte. Ze liet Hilger los en liep naar het strand. Hij duwde zijn bootje vooruit totdat het in het zand tot stilstand kwam. Hij pakte haar klompen en graaide de postzak uit de boot.

'Uw klompen.'

Ze draaide zich om.

'Ja, ja natuurlijk.'

Ze begon in haar mand te rommelen. Ze haalde een portemonnee tevoorschijn en knipte die open. Ze pakte er wat munten uit.

'Is niet nodig, mevrouw.'

'Alstublieft,' zei ze en ze wilde hem iets aanreiken. Maar hij schudde zijn hoofd en hield zijn armen langs zijn lichaam.

'Maar u heeft mij hier helemaal naartoe gebracht!'

'Uw eerste vaart,' zei hij en hij begon de duinen op te lopen.

Gezientje droogde haar voeten een beetje af met haar kousen en sloeg het zand ermee van haar zolen. Ze trok haar kousen en klompen aan, maar nadat ze een aantal passen met haar klompen in het zand had gelopen, trok ze ze weer uit en liep op haar kousen verder. Bij de dorpspomp stond Hilger met een vissersvrouw te praten. Hij gaf haar de brieven uit zijn postzak en ze stopte ze in de zak van haar schort. Ze was mollig, haar gezicht was rood verbrand en zat vol met groeven. Haar haren zaten onder haar kapje verstopt, waardoor de kleur verborgen bleef. Boven haar linkerschouder zag ze wat blond dons omhoogsteken. Het kindje dat met een doek op haar rug was geknoopt, lag te slapen. De vissersvrouw wendde zich van Hilger af en keek haar met grote ogen aan.

'Goedemiddag, ik kom voor mevrouw Mulder. Weet u waar ik haar kan vinden?'

De vissersvrouw knikte.

'Wacht hier.'

De vrouw pakte haar rokken bij de zoom vast en begon het pad op te lopen, harder en harder totdat ze op een drafje overging. Gezientje hoorde hoe het zand schuurde, het takketakketak van haar klompen op het pad. Ze zette haar eigen klompen op de grond en wilde erin stappen, maar haar kousen waren nu helemaal bedekt met zand. Ze probeerde het met haar hand eraf te kloppen, maar het meeste bleef aan haar zolen plakken en nu zat haar hand ook helemaal onder. Ze streek over haar rok en liet een korrelige streep achter. Ze trok haar klompen aan. De vissersvrouw was nu bijna uit zicht. Ze begon te lopen, voorbij de dorpspomp, achter de vrouw aan. Ze wierp nog een blik op het strand, waar Hilger zijn bootje terug de zee in duwde. Hij stond al tot aan zijn dijen in het water, klaar om in te stappen. Ze groette hem met haar hand. Hij zwaaide met zijn arm en sprong zijn boot in. Hij pakte de roeispanen, liet ze in het water glijden en roeide met grote slagen voorwaarts. Hij knoopte het zeil weer los, stak een van de roeiriemen de lucht in en stuurde met de andere roeiriem de boot totdat hij de wind in zijn zeil had. De boot draaide eerst een stukje, met de wind mee, en voer toen in de richting van het vasteland.

Ze klom steeds verder het pad op, voelde hoe haar borst steeds hoger rees en steeds dieper daalde, hoorde hoe haar ademhaling luider en luider werd en merkte hoe haar passen groter en zwaarder werden. Haar klompen bonkten op het pad. Ineens zag ze de vissersvrouw staan, bij de deur van het laatste huisje, naast een andere vissersvrouw, die in de ene hand een poetsdoek vasthield waar ze met de andere hand aan trok. Haar vingers openden zich en sloten zich om de doek. Een paar druppels gleden van haar rok en bleven even aan de zoom hangen voordat ze in het zand vielen en verdwenen. Ze knipperde met haar ogen. Het was alsof ze dubbel zag. Dezelfde grijze ogen, dezelfde opgetrokken wenkbrauwen. De vrouwen leken even oud te zijn. Allebei droegen ze een blauwe baaien rok en een wit schort, met daaronder blauwe klompen. Hetzelfde witte kapje, alleen piepten er bij de een witte haren onderuit. Ze probeerde op adem te komen. Ze liet haar rokken uit haar handen vallen en zette haar handen in haar zij.

'Dat is een hele klim!' hijgde ze, en ze glimlachte.

ZONSONDERGANG

Geeske staat boven aan de zeereep en tuurt over de zee. Ze wacht. Haar hele bestaan ligt in dit wachten besloten. Een keer inademen en een keer uitblazen en ze is weer een paar hartslagen verder van haar geboorte vandaan, dichter bij het einde der tijden. De dag die weer bijna voorbij is, weer een avond die valt. Soms vergeet ze het eventjes omdat haar gedachten haar elders leiden, maar het wachten is altijd aanwezig, zoals de onderstroom van de zee. Het beweegt mee met haar ademhaling – in, uit, in, uit. Haar hart gaat sneller dan haar ademhaling – tadoem, tadoem, tadoem – maar beide tellen af. De seconden – die sneller gaan dan haar hartslagen, tik, tik, tik, tik, tik – en haar ademhaling zullen blijven voortijlen. Maar zij staat hier. Stil.

Het geeft niet. Het leven gaat zoals het gaat en vaak verbaast het haar niet. Ze is in het wachten geboren, gelijk vanuit de moederschoot de wereld in. Net als haar moeder en haar grootmoeder en alle andere vrouwen van het eiland. Ook haar dochter is erin geboren en er niet uit losgebroken. Er wordt gewacht op een vader, een zoon, een broer. Een man.

Geeske kijkt naar het water, dat de ondergaande zon weerspiegelt. Bij het opkomen hebben de golven gouden randjes, bij het omrollen ontploft het witte schuim in kleine belletjes, die door het weerkaatste licht op gevallen sterren lijken. De laatste golf vloeit naar het strand om even later weer terug te keren, alsof het water maar geen afscheid nemen kan. Maar iedere keer trekt het zich iets verder terug, omhelst het iets minder strand, waardoor er steeds meer strand onbedekt blijft. Hoe verder het water van het zand vandaan is, hoe naakter het strand achterblijft. De zon zakt steeds dieper weg, geeft steeds minder licht en laat nog maar enkele stralen achter op het water, totdat ze alleen nog rood gloeit, een laatste kooltje in de haard, nauwelijks licht gevend en nauwelijks warmte verspreidend, maar nog net zichtbaar. De maan is opgekomen, alsof ze de zon wil groeten voordat deze in de zee verdwijnt.

'Goedenacht,' zegt Geeske voor zich uit, alsof de wind het woord kan meevoeren naar lagerwal. Ze weet dat ze de lampen aan moet steken, dat er anders iemand langs zal komen om te kijken of er iets aan de hand is, maar liever blijft ze nog even hier staan om naar de maan te kijken en naar de sterren, die een voor een tevoorschijn komen om haar te vergezellen.

Geeske loopt naar huis om de zwavelstokjes te pakken. Haar klompen klinken hard op de houten vloer, het geluid van haar voetstappen echoot in het donker. De zwavelstokjes zijn vochtig en ze verspilt er een paar voordat ze er een aankrijgt en de kaars kan aansteken. Dan gaat ze van lamp naar lamp om haar huis te verlichten: die op de tafel en die bij de bedstee en de lamp die buiten hangt om eenieder de weg te wijzen of te verwelkomen. Ze ziet het licht dat vanuit de andere huisjes naar buiten schijnt. Nog even en de meeste lampen zullen weer worden gedoofd. De vogels op het strand maken geen geluid en het ruisen van de golven valt haar niet op. Alleen als het ruisen zou stoppen, zou ze het opmerken. De zee is rustig. Kabbelt, zou ze zeggen als het de zee niet was geweest, want alleen beekjes of rivieren kabbelen. De zee is kalm, maar de onderstroom onvoorspelbaar.

Soms zie je andere gestaltes in het donker die in de verte staren, hun ogen dwingen verder te kijken, zoekend naar de donkere schaduw van een bootje, het flauwe schijnsel van een olielamp, een laatste restje hoop. Nog eventjes, nog even wachten totdat de maan van achter die wolk vandaan komt en je de zee goed kan zien. En dan, wanneer de maan haar licht geeft en er niets te zien is, hoe ver en hoe lang je ook de horizon aftuurt, dan moet je je omdraaien en naar huis gaan, maar dan zijn je voeten ineens zo zwaar dat je ze niet meer kunt optillen en het zijn niet alleen je klompen die vastzitten aan de grond, het zijn je voeten die vastzitten aan je klompen en verder geen stap kunnen verzetten.

Maar dit keer is Geeske alleen. De duinen zijn verlaten en op het strand liggen alleen de stille bootjes. Ze ziet de schaduwen van de slapende kanoetstrandlopers, hun snavels diep weggestoken in hun veren. Een groepje aalscholvers steekt donker en log af tegen de tengere vogels, als een groepje oude vissers dat ineengedoken zit met opgetrokken kragen. Ze ademt diep in. Het zout dringt door tot in haar longen. Ze schraapt haar keel en slikt haar speeksel weg. Het licht van de Noordhoorn brandt helder en het licht van de maan maakt de zee zichtbaar in een waas van zilvergrijs. Er is geen boot te zien.

Geeske draait zich om, op de voet gevolgd door haar eigen schaduw. De deur staat nog open. Ze doet een stap naar binnen en schopt dan haar klompen uit, pakt ze op en houdt ze ondersteboven zodat al het zand eruit tuimelt. Ze zet ze buiten neer, recht naast elkaar zodat de eerstvolgende die ze ziet ze netjes aantreft. Ze sluit de deur en loopt naar de tafel. Ze pakt de waslap uit het kommetje water en veegt haar gezicht en handen schoon. Het vuil onder haar nagels blijft zitten waar het zit. Morgen wordt het vervangen door ander vuil, zand van het graven, restjes van de schubben en ingewanden van de schoon te maken vis, schilfertjes huid. Ze dooft de lamp die op tafel staat en begint zich langzaam uit te kleden. Een voor een maakt ze de spelden van haar omslagdoek los en prikt ze ze in de houten tafel. Haar omslagdoek legt ze over de stoel. De gaten van de doek laten net genoeg lucht door om koel te blijven en het breiwerk houdt haar net warm genoeg wanneer de avond valt. Ze neemt het kapje van haar hoofd en haar lange haren vallen op haar schouders. De kleur had Johannes zo mooi gevonden, heel lichtgeel, zoals de koolwitjes die 's zomers over de duinen fladderen, of zoals de verlegen nonnetjes die ze op het strand vinden, half ingegraven in het zand. Van die kleur is niet veel over, het is nu overwegend wit, bijna zo wit als het kapje dat ze draagt. Ze legt haar kapje op tafel en trekt haar schort uit. Ze maakt haar rokken los en voelt zich meteen een stuk lichter wanneer deze met een plof op de grond vallen. Zand valt op de grond, tussen de spleten van de vloer. Ze voelt de korreltjes op haar blote voeten en pakt de waslap om haar voeten schoon te vegen. Ze beweegt haar tenen, voelt het eelt schuren. Wie besteedt ooit echt aandacht aan zijn tenen? Alleen als er een baby wordt geboren, kijkt iedereen direct naar de vingertjes en de tenen om te zien of ze er allemaal aan zitten en daarna worden de teentjes vergeten. Die worden gauw in sokjes en daarna in klompjes gestopt. Ze probeert de waslap terug in het kommetje te mikken, maar hij valt ernaast en blijft in een hoopje op tafel liggen. Ze trekt haar jak uit, raapt haar rokken van de grond en legt al haar kleren op een hoop op de stoel. Ze staat even stil, werpt een blik op het raam, maar loopt er niet naartoe. Ze opent de bedstee en kruipt erin. Haar nachthemd ligt gekreukeld op de dekens. Het nachthemd van Johannes ligt netjes opgevouwen onder zijn hoofdkussen. Het is lang geleden dat hij op de boot heeft moeten overnachten. Hij zal in zijn kleren slapen onder een dikke wollen deken. Of, als de nachten warm zijn zoals nu, onder de sterren en de maan. Hij zal geen kou lijden, denkt ze, en dan: laat hem geen kou lijden! Ze trekt haar nachthemd aan en vouwt haar handen. Ze zegt het gebed dat ze altijd zegt, dat ze geleerd heeft van haar vader en dat zij op haar beurt aan haar dochter heeft meegegeven. Het is al lang geleden dat ze bij de woorden heeft stilgestaan. Richt Johannes zich nu ook tot de hemel? Misschien vraagt hij om een goede vangst of een kalme zee. Of om een behouden thuiskomst.

In haar bed trekt ze de dekens recht. Ze buigt zich voorover om de lamp te doven, bedenkt zich en laat hem branden. Ze ziet de vingertjes en teentjes van

Trijntje voor zich, Trijntje die nog niet Trijntje was, maar het kindje uit haar buik dat nog aan haar vast- zat, nog niet was losgesneden en nog geen naam had. Ze kijkt naar de oude, bruine vlekken aan de zijkan- ten van het bed, heel vaal nu, nauwelijks meer zicht- baar. Ze was boos geweest dat ze ze niet weg had kunnen boenen, dat ze de mooie bedstee die Johan- nes voor haar had gemaakt had bevlekt. En nu was ze er blij om. Het was een aandenken aan de nacht van Trijntje. Zij had lang op zich laten wachten en toen ze zich eindelijk in Geeskes baarmoeder had genes- teld, wilde ze er ook niet meer uit. Ze moest maar eens een lange wandeling langs het strand maken, had Ada gezegd, een paar uur stevig doorlopen en dan kwam de bevalling zo op gang. Toen dat niet werkte, kwam het volgens Wendel omdat ze geen lavendel- thee dronk. Dus stond de ketel dagenlang te fluiten en zette ze kop na kop lavendelthee, maar Trijntje verroerde zich niet. Daarna moest ze haring met pe- terselie eten – niet met uitjes! –, dat zou de weeën wel opwekken, wist ze dat dan niet? Maar haar buik bleef groeien en de baby bleef zitten waar ze zat. Geeske merkte dat de andere vrouwen begonnen wa- ren te fluisteren. Dat ze stilvielen wanneer ze langs- waggelde en daarna opeens met luide stemmen over de visvangst gingen praten. En dan, wanneer ze dach- ten dat Geeske ze niet meer kon horen, begon het ge- fluister weer. Wat zou er met het kindje zijn dat het er niet uit wilde? En wat was er mis met Geeske dat ze het kindje zo lang in zich hield, weken langer dan iedereen. Had haar moeder zich in de datum vergist en was ze toch minder lang in verwachting? Waren de negen maanden nog helemaal niet verstreken? Misschien was haar moeder te oud om nog te weten wanneer het kindje zou moeten komen. En hoe kon het dat ze na al die jaren ineens in verwachting was geraakt? Dat was toch erg vreemd.

'Niet luisteren naar dat geklets,' zei haar kleine zusje Fenne, wier buik net zichtbaar begon te worden onder haar schort.

'Het kindje komt wanneer het komt,' zei haar zusje Hattie, die zelf al zes kinderen had.

En haar moeder zweeg. Dus deed Geeske of ze niets hoorde. Ze wilde niets liever dan dat haar kindje eindelijk geboren zou worden. Haar enkels waren zo gezwollen dat het pijn deed haar gewicht te dragen, en haar beenderen waren zo moe van de slapeloze nachten dat ze niet meer wilden bewegen. Ze had er genoeg van en besloot op een ochtend gewoon niet meer op te staan en in de bedstee te blijven liggen totdat het kindje er was. Diezelfde avond begonnen de weeën, werd Johannes weggestuurd en zette Geeskes moeder zich op een kruk naast de bedstee. Haar moeder, die zelf vijf dochters had gebaard en haar tweede dochter al zes keer had bijgestaan toen het haar beurt was. Ze had ook bij haar derde dochter gezeten, die de bevalling van haar eerste kind niet had overleefd. En nu was ze hier, bij haar oudste dochter, van wie iedereen had gedacht dat zij geen kinderen kon krijgen.

Drie nachten en twee dagen lag Geeske in de bedstee. Drie nachten en twee dagen zat haar moeder aan haar bed. Drie nachten en twee dagen zat Johannes voor zijn deur, en niemand die hem ervandaan kon krijgen, en ook geen haring en geen garnaal. Drie nachten en twee dagen was Trijntje onderweg. Geeske herinnert zich dat ze pijn had, maar hoe die pijn voelde weet ze niet meer. Ze ziet de lakens nog voor zich, besmeurd met het bloed dat maar bleef stromen, ze herinnert zich een helder moment waarop ze zich afvroeg hoe het mogelijk was zoveel bloed te verliezen en toch nog de kracht te hebben om door te gaan, om door te blijven ademen, om door te blijven persen. Ze hoorde hoe haar moeder met haar vader fluisterde, de scherpe s'en die door de muren werden teruggekaatst, en het gebrom van haar vader, die het niet kon laten even binnen te komen om zijn oudste dochter te zien, zijn vrouw zachtjes op haar schouder te kloppen en zijn grote gerimpelde hand op haar voorhoofd te leggen. Zijn ogen keken naar haar, maar hij zag zijn andere dochter voor zich, de dochter die er niet meer was, keerde zich om en verliet het huisje. Hij bleef even bij Johannes staan, die nog steeds op de drempel zat, en mompelde hem iets toe. Johannes kneep zijn handen samen en staarde naar de grond.

Geeske keek naar haar moeders gezicht, geconcentreerd en gespannen, en wist dat het haar eigen gezicht was waar ze naar lag te kijken. Nadat de baby eindelijk haar schuilplaats had verlaten en met haar arm over haar hoofd heen geslagen de nieuwe wereld met haar volle vijf kilo betrad, kon Geeske nauwelijks geloven dat het voorbij was, dat haar kind was bevrijd en leefde. Dat ze van zich liet horen door te huilen. Dat ze zelf nog leefde, dat ze nog kon bewegen en denken. Dat ze de pijn kon vergeten. Nu ligt ze wakker in diezelfde bedstee en kan ze nauwelijks geloven dat dat al zo lang geleden is en dat zij nu al op diezelfde kruk heeft gezeten naast de bedstee van Trijntje, wier gezicht net zo gespannen en geconcentreerd was als dat van haar moeder en grootmoeder. Zal ze er nog bij zijn wanneer haar kleindochter in de bedstee ligt en Trijntje op het krukje naast haar eigen dochter zit?

Geeske schrikt wakker en beseft dat ze tijdens haar mijmeringen in slaap is gevallen. Ze droomde van een kindje, een pasgeborene, nog onder het bloed, wiens gehuil naklinkt in Geeskes oren. Maar er is hier niets te horen, alles is stil. De lamp brandt nog en werpt vage schaduwen op de bedstee, die bijna niet van de vale bloedvlekken zijn te onderscheiden. Ze weet niet of ze lang of kort geslapen heeft, maar vermoedt dat er een aantal uren zijn vergleden. Ze gaat rechtop zitten. Ze heeft de bedstee opengelaten zodat Johannes gemakkelijk naast haar kan kruipen, maar hij ligt er niet, de deurtjes staan nog open. Ze dooft de lamp en gaat weer liggen. Ze sluit haar ogen en draait zich nog eens om

Ze wordt niet meer door slaap overmand. Ze knijpt haar ogen dicht, ze ontspant haar lijf en maakt haar benen en armen zo zwaar als ze kan, ze ligt op haar rug, ze draait zich op haar zij, maar de slaap krijgt haar niet te pakken. Ze opent haar mond wagenwijd en ademt in om te zien of dat een echte gaap zal opwekken, maar ze is klaarwakker. Ze gaat weer op haar rug liggen en zucht. Ze herinnert zich de slapeloze nachten van het begin, de avonden dat ze wist dat Johannes thuis zou komen. Meestal kwamen de mannen thuis voordat de zon was ondergegaan. Af en toe haalden zij dat niet en kwam Johannes pas na zonsondergang. Geeske zat dan in het donker voor het raam te wachten op een schaduw of een geluid. Soms zag ze in het donker eerder zijn duistere vorm dan dat ze zijn voetstappen hoorde, soms klonken zijn zware laarzen voor hem uit. Maar hij was altijd met de andere vissers thuisgekomen en zij was altijd snel in de bedstee geglipt voordat hij het buitenlicht had gedoofd en binnen was, haar voetzolen oplichtend in de nacht. Ze wilde hem opwachten, hem ontvangen in de bedstee. En dan luisterde ze naar zijn handelingen, hoe hij met een hand op de deur leunde en met zijn andere hand zijn laarzen uittrok. Hoe hij, voordat hij verder ging, naar de bedstee sloop en haar kuste op het plekje dat die nacht van

onder de dekens vandaan stak. Soms was het alleen
een pluk haar of haar hand, en heel af en toe bleef
haar hele gezicht onbedekt en kuste hij haar lichtjes op de mond. Zij ademde dan langzaam zijn geur
in, de vislucht vermengd met die van zweet en olie
en zeewater, die ze vier dagen per week moest mis-
sen omdat hij dan achter de vis aan ging, en die haar
altijd met verlangen vervulde als ze hem weer op-
snoof. Die maakte dat ze heel diep wilde inademen
zonder uit te ademen om de geur zo lang mogelijk bij
zich te houden.

De minuten daarna duurden eindeloos. Zonder
iets te zien, hoorde ze hoe zijn kleren langs zijn lichaam schuurden terwijl hij ze uittrok, dat hij ze op
de grond liet vallen, stilletjes opraapte en op de stoel
legde. Dat hij zijn hand door zijn haar haalde, over
zijn gezicht heen streek en in zijn ogen wreef en dan
in zijn onderhemd de paar passen naar de tafel liep
waar de kom met water voor hem klaarstond. Hij
waste zijn gezicht met zijn handen en droogde het
met de waslap. Ondertussen stelde Geeske zich voor
hoe dat warme lijf zou voelen, hoe het haar zou om-
helzen, en vroeg ze zich af of hij haar vannacht wakker zou maken of dat hij haar zou laten slapen. Ze
spande al haar spieren en probeerde zich niet te verroeren. Dan kroop hij over haar heen en ging naast
haar liggen. Geeskes plekje is bij de opening van de
bedstee, zijn plek is bij de muur. En ze ziet zichzelf
als jonge bruid liggen, haar rug bedekt door de blote
borst van Johannes, haar nieuwe huis in kijkend. Ze
denkt: hij kan nergens heen, alleen mijn kant op.

Ze was niet bang geweest voor de eerste nacht, maar had er stil naar uitgekeken. Haar moeder had haar angst weggenomen.

'Het is net als met een boot. Die geeft zich over aan de zee, deint mee op de golven. Laat zich meevoeren door het water. Je moet het water niet tegenwerken, want dan zink je.'

Haar moeder was tevreden met haar keuze, vond het geruststellend dat Johannes wat ouder was en dat hij eerder getrouwd was geweest. Ze had gezien hoe hij naar haar keek, hoe hij zich thuis voelde op het eiland en de overkant steeds verder achter zich liet.

En Geeske liet zich meevoeren door de stroom, leek even te verdwijnen, maar kwam boven en hapte naar adem. Nu zal het gauw gebeuren, had ze gedacht. Nu gaat gebeuren wat moeder heeft voorspeld. Mijn buik zal opzwellen en ik zal hier in mijn bedstee liggen met moeder naast mij op de kruk en dan zal ik zelf iemand hebben die mij moeder noemt. Maar haar buik zwol niet op. Er gebeurde zo lang niets, dat ze dacht dat het nooit gebeuren zou. Net zoals haar moeder dacht dat er na zeven dochters geen kinderen meer zouden komen en de hoop op een zoon allang had opgegeven. Nu is Geeske net zo oud als haar moeder was toen Jochem werd geboren, haar broertje. Een jongen nog, eigenlijk, maar met de contouren van een man. Soms, wanneer ze opkijkt van de wastobbe om haar haren uit haar gezicht te vegen, of aandachtig de hoeveelheid pieren in haar emmertje in zich opneemt, bedenkt ze dat ze niet te oud is om nog een keer in verwachting te raken en betrapt ze zichzelf op een klein vonkje in haar binnenste, een verlangen dat zich uit in hoop. Het kan nog; het is nog niet te laat. Het is het vonkje dat na Trijntjes geboorte uit de as herrees en sindsdien nooit meer is gedoofd.

Geeske merkt dat ze haar eigen buik aait. Ze zucht. Ze heeft de slaap nog steeds niet kunnen vatten. Ze tuurt in het donker, ziet na een poosje de silhouetten van de tafel en de stoelen en het kastje met het mooie servies, geholpen door het flauwe schijnsel van de buitenlamp. Ze laat zich uit bed glijden, pakt haar omslagdoek van de stoel en loopt naar de deur. Het is niet koud, maar toch wikkelt ze zich in haar doek, om haar nachthemd te bedekken. Ze ademt de nacht in en denkt: het is avond geweest en morgen geweest en nu is het weer avond geweest en breekt de morgen alweer aan. Ze rekt zich uit. Een wervel in haar rug knakt en het geluid ervan vervliegt richting de duinen. Ze draait langzaam met haar hoofd van de ene naar de andere kant en neemt het eiland in zich op. Alle huisjes hebben hun licht gedoofd en ook bij haar zussen, Hattie, Fenne en Mina, is het donker, alleen de buitenlamp is bij sommigen nog niet uitgedaan. Bij Ada, en heel in de verte, aan de andere kant van het eiland, ziet ze een lichtje branden bij Marrigje. Ze is niet de enige die de lamp heeft aangelaten om de weg naar huis te wijzen. De daken van de huisjes van de roomse families zijn nauwelijks zichtbaar. Een enkel dak licht op in het schijnsel van de maan. Zij steken de buitenlampen niet aan, weten dat ze in het donker geen bezoek kunnen verwachten.

De zee ligt voor haar uitgestrekt. Geeske gaapt. Ze staat op de plek waar ze lang geleden met Johannes heeft gestaan, verlegen, met een grote pas tussen hen in. Haar huisje bestond nog niet, was nog niet het laatste huisje van de baai. Het was hier leeg. Alleen maar zand en helmgras en het uitzicht op het water. Ze vroeg hem: 'Waarom ben je visser geworden?'

'Ik had nog nooit de zee gezien.'

'Nog nooit?'

Johannes schudde zijn hoofd. Geeske deed haar ogen dicht en toen ze ze weer opendeed, stond Johannes vlak naast haar, de ruimte tussen hen in verdwenen.

'En toen je haar zag?'

'Toen ik haar zag wilde ik haar bevaren. Maar ik was al veel te oud om scheepsjongen te worden, om mee te gaan op de grote vaart. Ik ben in de leer gegaan bij Ouwe Klaas. Een visser. Van hem heb ik alles geleerd.'

Geeske schuifelde met haar klompen in het zand, haar blik op haar voeten gericht. Vanuit haar ooghoeken nam ze hem op, de vreemdeling, de man van de overkant. De man die molenaar had moeten worden, net als zijn vader en zijn grootvader en diens vader en grootvader.

'Heeft de Heer je geroepen?'

'Om visser te worden?' Johannes lacht. 'Ja. Niet om vis te vangen, maar jou.'

Geeske huivert en trekt haar omslagdoek strakker om zich heen. Ze kijkt omhoog en wordt overweldigd door de sterren. Ze kan zien dat het weer augustus is, de hemel lijkt voller, de sterren vermenigvuldigd. Ze denkt aan Abraham en Sara. Vooral aan Sara.

34

En dan denkt ze aan de eerste jaren na haar trouw-
dag, dat het haar niet had geholpen, het tellen van de
sterren in slapeloze nachten. Tot zo ver kon ze niet
eens tellen en nadat ze een klein hoekje van de hemel had gedaan waren de getallen die ze kende op en
waren er veel meer sterren over dan ze had geteld. Ze
vroeg zich af hoeveel sterren er waren. Net zoveel als
haren op haar hoofd? Of net zoveel als de haringen
die ze haar leven lang zal speten? Of alle haringen die
alle vrouwen van het eiland hun leven lang zullen
speten bij elkaar? Ze heeft het Johannes gevraagd.
    'Zijn er meer dan honderd sterren?'
    'Veel meer.'
    'Zijn er meer dan duizend sterren?'
    'Veel meer.'
    'Zijn er meer dan honderdduizend sterren?'
    'Nog veel meer.'
    Dan blijft het even stil. Maar toch wil ze het we-
ten.
    'Wat komt er na honderdduizend?'
    'Een miljoen.'
    'Zijn er meer dan een miljoen sterren?'
    'Er zijn meer dan een miljoen sterren, meer dan
een miljard.'
    En voortaan gaat het sterren tellen een stuk makke-
lijker. Geeske kijkt van links naar rechts, haar hoofd
maakt langzaam een boog, zoals de zon haar hemel-
baan afreist.
    'Honderd,' zegt ze. 'Honderd... duizend... miljoen...
miljard... honderdmiljoenmiljard.'
    Maar hoeveel is honderdmiljoenmiljard? Zijn het
de keren dat ze de duinen afdaalt en weer op loopt?

Zijn het de schelpen die aanspoelen op het strand? Zijn het de groeven in Johannes' handpalmen?

Nu troost het tellen van de sterren haar niet, zoals het haar nooit getroost heeft en het wekt ook de slaap niet op, zoals het haar nooit eerder slaperig heeft gemaakt. Zoveel sterren, en het begint altijd weer met de eerste die opkomt. Het gaat niet om honderd of duizend, denkt ze, het gaat niet om mensen in de toekomst die je nooit zult kennen en nooit zult tellen. Het gaat er maar om een, eentje die bij jou is, van jou is. Eentje bij wiens begin je aanwezig was en die er zal zijn bij jouw eigen einde. Misschien dat Abraham tevreden is gesteld en het kijken naar de hemel hem troost biedt en hoop, maar Sara, dat weet ze zeker, heeft nooit meer opgekeken naar de sterren, en heeft haar ogen naar beneden gericht, op haar schoot. 's Nachts in het donker, wanneer Abraham weer op haar kruipt, meent hij in haar ogen de sterren te zien glinsteren. En Sara wendt haar hoofd af en droogt haar tranen aan Abrahams baard.

VLOED

De zee veert weer naar het strand. Altijd komt de zee weer bij het strand terug, al gaat ze ook altijd weer van hem vandaan. En als ze dan weg is, trekt het strand aan haar totdat ze omkeert en als ze dan eindelijk bij hem is, dichtbij genoeg om haar te pakken en vast te houden, stoot hij haar weer af. Maar nu is de zee weer in aantocht, klaar om zich in zijn schoot te vlijen. Geeske staat weer boven aan de zeereep en kijkt uit over het water. Het is alsof er geen einde aan komt, denkt ze en ze probeert zich voor te stellen dat ze de zee nog nooit heeft gezien en haar nu, vannacht, voor de eerste keer aanschouwt. Maar wat ziet iemand die de zee nog nooit heeft gezien? Een donker water, zwart dat overloopt in grijs en blauw, dat oplicht waar de sterren worden weerspiegeld, dat zilver glanst in het licht van de maan. Water dat nooit stilstaat, maar altijd in beweging is, dat altijd een volgende golf aankondigt en weer op laat lossen in zichzelf. Water dat nooit zwijgt, maar fluistert, bruist en kolkt. En als je niet beter zou weten, dan zou je denken dat er behalve dit eiland en behalve de zee verder niets bestaat. Alsof de zee maar doorgaat en doorgaat en alleen het eiland begrenst. Alsof dit eiland de hele aarde is, een hoopje zand in de golven. Maar het water was er eerst, denkt ze. Het zand onder haar voeten begint in te storten en ze moet een

37

stap naar achteren zetten om niet te vallen. Ze hoort de stem van de dominee door de kerk donderen: 'De Aerde nu was woest ende ledich, ende duysternisse was op den afgront: ende de Geest Godts sweefde op de Wateren...' en ze werpt onbewust een blik op de zee. Maar er is niets te zien. Ook al is deze duisternis niet duister meer en is het water kalm.

Geeske maakt een sprongetje en loopt naar het strand, daalt af naar de kustlijn. Haar voeten zakken weg in het zand. Een rimpeling in het water raakt haar voeten en laat wat schuim achter op haar tenen. Het water is koud, maar warmer dan ze had verwacht, en ze blijft even staan. De volgende golf komt eraan en stroomt ook over haar voeten en neemt een handvol korreltjes mee terug de zee in. Ze zakt een eindje verder het zand in. Als ik lang genoeg blijf staan, denkt ze, zal ik dan in het zand verdwijnen? Zullen eerst mijn voeten worden bedolven en dan mijn knieën, mijn heupen, mijn schouders, totdat ik helemaal ben bedekt met zand en de golven boven mijn hoofd omslaan? Mijn haar zal zich traag door het water bewegen, als wit zeewier drijven aan het oppervlak. Ze kijkt voor zich uit. Er is niets te onderscheiden op zee. Haar voeten zijn nu onzichtbaar, alsof haar lichaam bij haar enkels ophoudt. Ze wriemelt met haar tenen totdat de topjes van haar grote tenen door de modder breken en de weg vrijmaken voor de rest. Tien teentjes, denkt ze, alles erop en eraan. Ze doet een grote stap, trekt haar voeten los uit het zand. Ze moet echt proberen wat te slapen, over een paar uur moet ze immers weer opstaan. Een aalscholver schrikt wakker wanneer ze voorbijloopt, waggelt een eindje van haar vandaan. Ze gaat omhoog richting haar huisje en kijkt voorbij de Noordhoorn, naar de verre baai, haast verscholen achter de duinen. De opslagschuren steken donker af tegen de lucht. Nog een paar weken en er zal geen zeegras meer bij kunnen, dan zullen ze tot de nok toe zijn gevuld. Het buitenlicht van Marrigje is uitgegaan. Misschien is het lontje op of werd de vlam door een windvlaag verrast. Of heeft Marrigje in haar slapeloosheid de lamp gedoofd? Waarschijnlijk is haar man thuisgekomen en heeft hij de lamp uitgedaan.

Geeskes voeten verdwijnen in het zand terwijl ze naar boven klimt en ze zet haar hand op de grond om in evenwicht te blijven. Een punt van haar omslagdoek schiet los uit haar grip en de doek waait op. Ze moet zich omdraaien om hem te pakken te krijgen, maar hij glipt tussen haar vingers door. Ze gaat rechtop staan en veegt met haar arm haar haren uit haar gezicht. De doek wappert om haar heen. Korreltjes zand en opgedroogd zout plakken aan haar wangen. Ze denkt: er zijn altijd nog meer zandkorrels dan sterren. Maar Abraham keek niet naar de grond. Hij keek omhoog, naar de sterren. De doek ligt stil. Ze pakt hem van de grond en neemt onbedoeld een handje zand mee. Ze kijkt naar het hoopje in haar palm. Ontelbaar al die zandkorrels. Er is geen beginnen aan. Ze laat het zand tussen haar vingers glippen, terug naar het strand, terug naar de grond.

Geeske loopt naar haar huisje. De buitenlamp wiegt heen en weer in de koele nachtbries, alsof hij zachtjes nee schudt. Ze kijkt nog een keer naar boven, naar waar de sterren zich hebben verzameld.

Dan legt ze haar hand op de deur, die nog openstaat, en doet hem stilletjes achter zich dicht. Ze slaat het zand van haar benen en legt haar omslagdoek weer over de stoelleuning. Ze gaat op de rand van de bedstee zitten. Ze wrijft haar voeten over elkaar heen, eerst de ene over de andere, dan de andere over de ene, het zand schuurt haar wreef en het zachte stukje van haar zool, het holletje van haar voet, waar geen eelt groeit. Tien teentjes, waar het zand tussen blijft zitten. Tien vingertjes met zand onder de nageltjes. Voor de tweede keer die nacht kruipt ze in de bedstee. Ze krult zich op haar zij en trekt de lakens tot aan haar oksels. Ze gaapt en haar ogen sluiten zich vanzelf. Ze is een vis die een fuik in zwemt, verder, steeds verder, totdat ze niet meer terug kan.

DE DAGERAAD

Het voelt alsof ze honderd kilo weegt en uit modder omhooggetrokken moet worden. Alsof de lucht om haar heen te veel weerstand biedt om haar ogen te kunnen openen. Ik moet opstaan, denkt ze, terwijl ze bewegingloos blijft liggen. Beetje bij beetje voelt ze zich lichter worden en vervaagt het gevoel van zwaarte en zodra ze haar ogen opent, is ze de moeite vergeten die het haar kostte om wakker te worden.

Ze stapt uit bed en strekt haar nek uit. De wervel in haar rug kraakt weer. Ze trekt haar onderbroek naar beneden, hijst haar nachthemd omhoog en hurkt boven de po. Ze gaapt terwijl ze plast. Er lijkt geen einde aan te komen en ze kijkt tussen haar benen door, bang dat de po zal overstromen. Maar die is nog lang niet vol wanneer de straal overgaat in een paar druppels. Ze blijft nog even op haar hurken zitten, wachtend op de laatste drup. Het huisje vult zich met een zure geur. Ze pakt de po op en leegt hem door een kier in de achterdeur, waarna het dampende stroompje direct door het zand wordt opgenomen. De hanen van het eiland wedijveren zoals elke morgen om de luidste kukeleku. De kippen in haar tuin kijken niet op of om, maar blijven hardnekkig in de grond pikken. Hun toegevouwen vleugels lichten op in de stralen van de rijzende zon, het stof zichtbaar in de veren. Ze ziet een aantal eieren liggen in het klompje helmgras dat de kippen met wat strohalmen tot nest hebben gemaakt. Straks, denkt ze, en ze loopt naar de voorraadkast om wat brood, kaas en veenbessenjam te pakken. Ze eet het staand, in haar nachthemd, terwijl ze door het voorraam naar buiten kijkt. De mannen, hun schouders groot en hard, duwen hun bootjes het water in en springen aan boord. Ze hoort ze naar elkaar roepen en boven het geschreeuw uit hoort ze de stem van Marrigjes man. Hij is ongedeerd thuisgekomen. En nu trekt hij er weer op uit.

'Jochem!'

Ze hoort hoe Jantje zijn oom roept. Zijn oom die jonger is dan hij. Hij staat met Hinrik bij hun bootje en wacht.

'Jochem!'

Jantje haalt zijn schouders op en begint samen met Hinrik het bootje de zee in te duwen. Wanneer ze ver genoeg in het water zijn, zwaaien ze behendig hun benen over de rand van de boot. De een pakt de riemen vast en begint met grote slagen weg te roeien, terwijl de ander zijn hand aan de helmstok houdt. Geeske ziet ze gaan, haar neven, Fennes oudste zonen. Jantje even oud als Trijntje, Hinrik nauwelijks een jaartje jonger.

Jorrits bootje dobbert op het water. Geeske kan de naam van de boot niet lezen, maar ze weet wat er staat: Sietske, naar zijn moeder. De riemen liggen stil, Jorrit zit voorovergebogen. Wanneer hij omhoogkomt, lijkt hij haar kant uit te kijken, alsof hij haar bij het raam ziet staan.

Het is een nieuwe dag, maar ook een dag als alle

andere. De visdieven kirren en cirkelen laag boven de mannen. Ze spieden naar vergeten vis in de boten of restjes die zijn achtergebleven op het strand. De kanoetstrandlopers houden zich terzijde, wachtend op de rust die terugkeert wanneer alle boten te water zijn gelaten. De drie jongste zonen van Ada slepen hun oudste broer over de grond naar het water. Hij is helemaal nat, overal kleeft zand. Hij is te zwaar om te tillen. Ze trekken hem aan zijn schouders de zee in en duwen zijn hoofd onder water. Proestend tilt hij zijn benevelde hoofd op, maar ze duwen hem er nogmaals in. Hij komt weer boven en hapt naar adem. Hij probeert op te staan, maar de handen van zijn broertjes hebben zijn hoofd stevig vast en laten hem nog niet gaan. Nog een keer gaat hij het zoute water in. Hun handen laten los. De oudste broer strompelt op zijn knieën. Hij kijkt niet op. Ziet niet hoe zijn broertjes met hangende schouders naar hun bootje lopen. Wanneer zij hem bijna raken met de punt van de boot, hijst hij zich aan de rand omhoog en helpt hem verder de zee in te duwen. Wanneer het water het bootje dragend houdt, springt hij als eerste erin, zonder zijn broertjes aan te kijken.

Geeske ziet de andere bootjes over de zee verspreid. De zeilen zijn gehesen, strak en roze, zoals de uitgestrekte wolken die boven hen uitwaaieren en langzaam oplossen in het licht. Ze worden gedragen en voortgeduwd door de golven, als door handen die hen zachtjes doorgeven. Het silhouet van een lepelaar tekent zich af tegen de lucht. Hij vliegt hoog boven het water, van het eiland vandaan, richting de overkant.

Geeske trekt haar nachthemd uit, pakt haar kleren van de stoel en kleedt zich aan. Ze neemt haar schort van de haak en knoopt dat om haar heupen. Ze opent haar deur en grijpt de bezem. Met een paar streken veegt ze het zand dat niet tussen de kieren in de vloer is gevallen of aan haar zolen is blijven plakken naar buiten. Een nieuwe dag, net als alle andere. En terwijl ze de bezem terugzet in de hoek hoort ze naderende voetstappen. Heel even ziet ze Johannes voor zich, toen hij nog jong was en nog niet wist hoe ze naar hem keek, zijn haar nog niet grijs was en zijn ogen nog groot en helder waren. Dan denkt ze aan hem zoals hij nu is, zijn ogen bijna verstopt onder zijn grijze wenkbrauwen, zijn voorhoofd bruin en gerimpeld, zijn handen in zijn zakken wanneer hij de duinen op loopt, glimlachend wanneer hij zijn toegeknepen ogen opslaat. Maar ze weet dat hij het niet is. Het kan maar één iemand zijn.

Nog voordat hij zijn hoofd om de deur heeft gestoken, roept Jochem: 'Zus!'

Hij is altijd de laatste die vertrekt. Hij is het gewend dat er op hem wordt gewacht, zoals er altijd op hem is gewacht, zelfs toen hij nog niet bestond. Nadat haar moeder haar – het eerste kind, de eerste dochter – had gebaard, raakte ze weer in verwachting en werden er nog zes meisjes geboren. Een paar uur na elke bevalling stond haar moeder de vis alweer schoon te maken. De dag erna liep ze weer op het strand en groef ze naar pieren, samen met de andere vrouwen en de meisjes die oud genoeg waren om mee te helpen, maar nog te jong waren om voor hun broertjes en zusjes te zorgen. Na de zevende dochter en de achtste zwangerschap gebeurde er niets meer. Het is gedaan, dacht haar moeder. Maar jaren later begon haar buik weer te zwellen en diende zich een zoon aan in het gezin. Een jongen, die in de voetsporen van zijn vader kon treden, een jongen die zich nooit om de tijd bekommerde en altijd op zich liet wachten, alsof hij voelde dat hij dat aan de anderen kon overlaten omdat zij dat toch altijd al hadden gedaan en nog steeds deden. Geeske zat aan haar moeders bed toen hij geboren werd. Trijntje had ze achtergelaten bij haar zusje Fenne. Ze hield haar moeders hand vast en suste: 'Het duurt niet lang meer.'

En ze dacht: mijn moeder had hier moeten zitten en ik had in de bedstee moeten liggen. Zij had mijn hand vast moeten houden om míj gerust te stellen.

Haar moeder gromde: 'Ik ben hier te oud voor...' en perste Jochem eruit. Een zoon! Haar moeder kon alleen maar lachen en Geeske kon nauwelijks geloven dat ze een broertje had. Een broertje jonger dan haar eigen, enige dochter. Ze kon niet wachten hem aan Johannes te laten zien. Maar Johannes was nog op zee. Hij kwam thuis met de andere mannen, als een van de eerste, en ze stond hem op te wachten.

'Een jongen! Het is een jongen!'

Johannes lachte en omhelsde haar.

'Een broertje voor mijn vrouw.'

En het gevoel besloop haar, zoals het altijd deed wanneer ze het probeerde te onderdrukken, dat het nog altijd mogelijk was. Een broertje voor Trijntje. Een zoon voor Johannes. Een kind voor haar.

Alle boten liggen in het water, sommige zijn al ver genoeg op zee om hun netten uit te gooien, een aantal haringvissersbootjes zijn al bijna uit het zicht verdwenen. Ze denkt aan de lange dagen wanneer Johannes als eerste vertrekt, nog voor de zon is opgekomen, en laat terugkomt, zijn bootje eenzaam dobberend op de golven. Ze kijkt naar Jochems onbemande bootje op het strand, open als twee bedelende handen.

'Is er...' Hij hapert omdat hij weet dat hij er niet naar hoort te vragen, omdat het ongeluk brengt, maar Jochem wil het weten en de stilte die valt is lang genoeg voor Geeske om te antwoorden: 'Geen nieuws.'

'Nu ja, de zee is kalm.'

'Hij komt altijd terug,' zegt Geeske en denkt: ze komen terug, al is het maar voor de laatste keer.

'De vis, Jochem. Je moet gaan.'

'D'r is altijd genoeg vis, zus. Kijk, hier.'

Jochem geeft haar een pakketje. Ze schuift een stukje van de krant opzij en ziet twee heilbotten. Haar vingers spannen zich strakker om de vissen heen. Jochem kijkt naar haar en kamt even schuchter met zijn vingers door haar haren. Hij ziet haar niet vaak zonder kapje. Dan draait hij zich om en rent naar zijn bootje. Geeske blijft in de deuropening staan en kijkt hem na. Hij draait zich om en zwaait, een jongen nog, grijnzend van levenslust. En zij? Een meisje nog toen zij, jonger dan Jochem nu, met Johannes trouwde.

Hij was niet de eerste die interesse toonde, maar wel de eerste die haar aandacht trok. De jongens van het eiland kende ze te goed en hoewel haar vriendinnen en later haar zusjes er niet over zouden peinzen om met een overkanter te trouwen, begon zij er steeds vaker over na te denken. De jongens dachten indruk op haar te maken, maar de blikken die zij hun schonk waren niet bedoeld om ze aan te moedigen. De vreemdeling wekte haar nieuwsgierigheid en ze hield hem in de gaten, zonder dat ze daar blijk van gaf. Toch hield zij de boot af, want ze was er zeker van dat als hij met haar zou willen trouwen, hij haar ook van het eiland weg zou willen nemen en naar de overkant zou willen brengen, waar zijn ouders woonden. Dat wilde ze niet. Ze wilde hier blijven, waar ze was geboren, waar ze was opgegroeid en waar haar vader en moeder waren. Ze wilde het onbekende met het bekende verenigen.

En ze is nog steeds op het eiland en ziet hoe Jochems bootje steeds kleiner wordt. Ze richt haar blik op de huisjes aan de baai en gaat ze allemaal langs. Sommige eilandbewoners staan in de deuropening te breien. De twee jongste dochters van Harmke staan zij aan zij en turen uit over de zee terwijl hun vingers de sajet om de breinaalden slaan. De oude moeder van Wendel staat een net te boeten, haar handen dicht bij haar ogen zodat ze kan zien wat ze doet. Haar vingers staan krom en ze kan ze nauwelijks bewegen; ze doen niet altijd meer wat ze wil. Jikke staat bij de waterpomp en houdt Jorrits bootje in de gaten. Ze staat stokstijf stil, haar armen hangen langs haar lichaam, haar nek strekt zich uit. Geeske draait zich weer naar het strand. Er vormt zich een grote golf en Jochems bootje wordt opgetild, lijkt even boven de andere uit te stijgen. Dan zakt het weer, wordt het teruggezogen terwijl de golf omslaat en spetters uitzendt.

47

'Vertel nog eens van toen je visser wilde worden.'
'Ik had nog nooit de zee gezien...'

De kanoetstrandlopers zijn tot rust gekomen en lopen heen en weer. Ze boren hun snavels in het zand op zoek naar nonnetjes. De zeemeeuwen hebben hun zoektocht op het strand gestaakt en zwermen hoog boven de vissersbootjes. Af en toe duikt er een naar beneden en stijgt weer omhoog met buit, die hij tegen de andere moet verdedigen. De meeuwen krijsen en vechten en proberen elkaar het voedsel dat ze vinden afhandig te maken. Geeskes aandacht wordt even door de vogels getrokken en als ze haar ogen weer op het water richt, ziet ze hoe Jochems bootje aan de horizon verdwijnt, alsof hij over de rand van de wereld is gegleden. Ze draait zich om. Ze weet dat dat niet gebeurt, dat Jochem aan het einde van de middag weer zal verschijnen, lachend en bruisend alsof de dag nog maar net begonnen is.

TWEE VISSEN

De heilbotten liggen vóór haar op tafel, uitgestrekt op de krant waarin ze zijn vervoerd. De ogen, dicht tegen elkaar gelegen, op de rechterkant van hun gezicht, hebben hun glans nog niet verloren en brengen het water waar ze vandaan komen in herinnering. De schubben glinsteren in de ochtendzon. Twee dode heilbotten, die met hun vreemde ogen naar haar opkijken zonder iets te zien. Ze denkt aan twee vissen en vijf broden en vraagt zich af hoe Hij dat heeft gedaan. Heeft Hij die twee vissen en die vijf broden in zulke kleine stukjes gedeeld dat vijfduizend mensen er een kruimeltje, een korstje, een schubje van konden krijgen en heeft dat ene graantje, dat ene graatje, hun honger gestild? Of groeide de vis en werd het brood groter zodat er genoeg was voor iedereen? Werd de honger op magische wijze gestild door een hoeveelheid vis of brood ter grootte van een zandkorrel of door het voedsel dat op onverklaarbare wijze verrees?

De dominee heeft haar niet geantwoord. Wanneer ze het hem vraagt, schudt hij zijn hoofd en zegt hij dat ze niet goed heeft geluisterd naar zijn preken, dat ze haar oren goed moet openen voor Zijn woord. 'Het antwoord,' zegt hij, 'zal jou door de Heer gegeven worden en als het antwoord niet tot jou komt, dan heb jij vast iets begaan waardoor het Woord jou wordt onthouden.' Hij trekt een streng gezicht en herhaalt: 'Mattheus 14:19. Ende hy beval de scharen neder te sitten, op het gras, ende nam de vijf brooden, ende de twee visschen, ende opwaerts siende na den hemel segende de selve: ende als hyse gebroken hadde, gaf hy de brooden den Discipelen, ende de Discipelen den scharen. Ende sy aten alle ende wierden versadicht, ende sy namen op, het overschot der brocken, twaelf volle corven. Die nu gegeten hadden, waren ontrent vijf duysent mannen, sonder de vrouwen ende kinderen.'

Dan zegent hij haar met een grafstem en loodzware handgebaren. En de vrouwen en de kinderen, denkt Geeske, hebben die niets gekregen of werden die alleen niet meegeteld? Zijn zij niet juist degenen wier honger als eerste gestild moet worden?

Die dag loopt ze met de woorden van de dominee nog in haar hoofd naar huis. Het geluid om haar heen hoort ze niet en ze ziet alleen haar eigen voeten, die stap na stap na stap zetten. Thuis, na de avondmaaltijd, vraagt ze Johannes het stuk nog een keer voor te lezen. Hij gaat naast de olielamp zitten en begint te lezen. Hij leest langzaam en met weinig intonatie, maar dit verhaal kent hij goed en het klinkt vloeiend, helder. Toch hoort Geeske niets nieuws en Johannes zucht. 'Het is gegaan zoals het is gegaan. Meer dan vijfduizend mensen hadden honger en daarna niet meer.'

Hij strijkt de dunne bladzijden van de bijbel glad en sluit het boek langzaam zodat er geen velletjes worden gekreukt. Het boek blijft gesloten op de tafel liggen. Johannes staat op en pakt een van

Geeskes handen uit haar schoot.

'Mien wichie,' zegt hij hoofdschuddend. Hij houdt even haar vingers in zijn grote handen. Dan loopt hij naar buiten om de haring te controleren die zij heeft gespeet, of om hout te sprokkelen of een kip te slachten. Zij pakt het boek, opent het waar het rode lint tussen de bladzijden ligt en tuurt naar de letters. Ze herkent er een paar – de G van Geeske, de T van Trijntje en de J van Johannes en Jochem – en ze weet dat alle letters in twee vormen komen, meestal in de kleine en soms in de grote. Maar ze weet niet wat er staat, ze ziet het verhaal niet voor zich, hoelang ze er ook naar staart. Ze weet niet hoe de tekentjes op de bladzijde de woorden uit Johannes' mond voort kunnen brengen. Het verhaal blijft voor haar gesloten.

Geeske pakt haar mes en ziet in een flits haar eigen gezicht erin gereflecteerd. Ze kan zich niet meer herinneren wanneer ze voor het laatst de bijbel hebben opengeslagen. En nu heeft ze twee vissen. Een voor haar en een voor haar man. Maar Johannes is er niet.

De heilbotten moeten worden gestript. Met één hand drukt ze een van de vissen tegen de tafel terwijl ze met de andere hand zijn kop afsnijdt. Het bloed vloeit over de tafel en ze hoort het, drup, drup, drup, de grond raken. Met het puntje van haar mes glijdt ze over de romp van de vis, de naad onder aan zijn buik. Het mes is zo scherp dat de huid openspringt en de ingewanden naar buiten puilen. Ze legt de vis open en haalt alle ingewanden en organen eruit. Ze verwijdert de graat. Het vlees van de vis is blank met een roze glans, zoals soms de schelp van een mossel kan glanzen of pas geschrobde nagels, als je klaar bent om op zondag de bijbel vast te pakken en naar de kerk te gaan. 'Of de huid aan de binnenkant van je dijen,' hoort ze iemand in haar oor fluisteren en ze kijkt snel even over haar schouder om er zeker van te zijn dat er niemand achter haar staat. Een herinnering flikkert in haar achterhoofd, zoals een schelpje dat glinstert in de branding, dat op het moment dat je je bukt om het op te rapen door de volgende golf wordt meegevoerd. Ze haalt diep adem en veegt haar wang af aan haar schouder. Ze pakt de schoongemaakte stukken vis vast, koel en vochtig in haar handen, en legt ze op een bord op tafel. Voor vanavond misschien. Of anders voor morgen. Ze veegt haar handen af aan haar schort.

De tafel ligt vol met ingewanden, graten, bloed, schubben en vinnen. De ingewanden gooit ze uit het achterraam, de tuin in, waar de kippen erop afstuiven en alles zo snel naar binnen schrokken dat de haan bedrogen uitkomt en hun verontwaardigd zijn rug toekeert. Geeske pakt de koppen en de staarten en stopt ze in de grote pot met water die op het kolenfornuis staat. Ze blijven drijven en botsen tegen elkaar aan alsof ze willen uitzoeken welke ogen bij welke staart horen en hoe ze zich weer kunnen verenigen. Restjes bloed kleuren het water. Geeske steekt het fornuis aan, wacht tot ze er zeker van is dat de kolen vlam hebben gevat, dat de vlammen niet alleen om hen heen dansen, maar dat ze echt branden. Ze pakt het zout en strooit het over de stukken vis die op tafel liggen. Ze wrijft het in de vis en legt de stukken terug op het bord. Ze gooit een handjevol zout in de pot op het fornuis. Het zinkt langzaam en voordat het de bodem heeft geraakt, is het al in het water opgelost. Niets laat zien dat het er ooit was, pas als ze het zou proeven, zou ze weten dat het bestond. Ze ziet zichzelf voor zich als een pilaar van zout. Ik zou oplossen, denkt ze bij zichzelf, het zoutvaatje in beide handen vastgeklemd, en stelt zich voor hoe er barsten beginnen te verschijnen in haar gestalte van zout en hoe ze begint te verbrokkelen, hoe langzaam en dan steeds sneller haar gezicht, haar lijf, haar vingers en tenen als zoutkorrels uiteenvallen op de grond, uitwaaieren en zich mengen met het zand van de woestijn. Als je erop zou staan, zou je het verschil tussen het zout en het zand niet voelen. Ze kijkt op naar de zee en ademt de zilte lucht diep in. Het strand getekend met de strepen van de weggesleepte bootjes, de sporen nog niet door het water weggespoeld. Het zand nog niet opgenomen door het zout. 'Vooruitkijken, Johannes,' prevelt ze voor zich uit. 'Niet omkijken!'

Dan bedenkt ze dat zij het misschien zelf is die niet achterom moet kijken, dat zij het is die vertrouwen moet hebben en vooruit moet kijken, in de richting van de voorsteven. Ze zet het zoutvaatje terug en zoekt om zich heen naar het deksel van de pot. Hij ligt op de grond, bij de bedstee, niet waar hij zou moeten zijn. Ze doet het deksel op de pot en loopt de tuin in. De kippen drommen om haar heen, de haan parmantig rondstruinend alsof hij niet net zo graag een restje wil. Maar ze stelt ze teleur en bukt zich om wat peterselie en bieslook te plukken die bij de achterdeur groeien. Bij het opstaan legt ze even haar hand op haar onderrug, in het holletje waar de palm van Johannes zo mooi in past wanneer hij naast haar staat, zijn duim die in haar zij prikt, de vingers die om haar middel krullen. Hoe vaak hebben ze niet zo naast elkaar gestaan, kijkend naar de dageraad, kijkend naar de sterren. Honderd keer? Duizend keer? Honderdmiljoenmiljard, denkt ze, en ze loopt naar haar moestuintje. De kip die op de verhoogde rand zit, schrikt van haar en fladdert naar de grond. Ze trekt drie wortels uit de aarde en weifelt. Dan neemt ze er nog twee uit. Met een snelle draai trekt ze het loof van de toppen af en gooit dat naar de kippen, die na de visresten nog lang niet zijn voldaan. Ze loopt naar binnen en gooit de kruiden in de pot. De wortels wast ze in het water waarmee ze 's nachts haar gezicht gewassen heeft. Met de waslap, die in kreukels en rimpels is opgedroogd, veegt ze de tafel schoon. Ze snijdt de wortels in schijfjes en voegt ze toe aan de soep. Het water begint bijna te koken, kleine bellen vormen zich onder in de pot en drijven naar het oppervlak. Geeske spoelt de waslap in het kommetje en legt hem buiten in de zon te drogen. Het water gooit ze over haar moestuintje. Als ze weer binnenkomt, hoort ze het deksel van de pot klepperen. De bellen van het kokende water duwen het deksel omhoog. Ze schuift het deksel een klein eindje opzij, de stoom ontsnapt en zweeft naar het dak. Ze krijgt het er warm van. Druppels zweet vormen zich op haar bovenlip en ze proeft het zout. Hoe zou je in een zoutpilaar veranderen? Waar zou de verandering inzetten? Welk deel van je lichaam zou als eerste tot zout verworden? Zou je naar beneden kijken, naar je tenen in het zand, en zien hoe ze langzaam van kleur verschieten en hoe je huid zich van je losmaakt en uit duizenden kleine korreltjes komt te bestaan, of zouden je ogen hun zicht verliezen, waardoor je de verandering alleen maar kunt voelen. Ze laat het deksel los en kijkt naar haar vingers, de rimpeltjes als barsten in haar hand. Misschien gebeurt het voordat je het weet, denkt Geeske.

'Niet omkijken,' mompelt ze en ze loopt naar het raam.

In de verte hoort ze het gebrabbel van haar kleindochter met af en toe een enthousiaste uithaal:
'Meeuw!' Ze hoort haar dochter niet, maar kan wel
haar antwoord bedenken: 'Ja, een meeuw. En nog een
meeuw.'

Zo wordt de route van haar dochters huis naar
het ouderlijk huis afgelegd, met een vingertje dat de
lucht in wijst en kleine voetjes die stil moeten staan
omdat er niet tegelijkertijd gelopen en omhoogge-
keken kan worden. Elke uitroep wordt gevolgd door
een zachte bevestiging, de verbazing wordt nooit
minder, de geruststelling blijft geruststellend, een
echo die altijd antwoord geeft. Heen en terug, heen
en terug.

Het geluid komt langzaam dichterbij, vier klompen in het zand, vier voeten die kleine stapjes zetten, de tijd nemen om aan te komen. Geeske gaat in
de deuropening staan en wacht op het moment dat
haar kleindochter haar zal zien. Trijntje loopt traag,
de zware melkbus trekt haar arm omlaag en raakt
bijna de grond. De knokkels om het handvat zijn wit,
maar ze laat niet los. Ze kijkt naar Geeske op, haar
ogen half verscholen achter plukken witblond haar.
De kleur van een koolwitje, van een nonnetje op het
strand. De groeiringen van een schelpje tonen hoe
oud het is, hoeveel jaren het in de golven van de zee

of ingegraven in het zand heeft geleefd, zoals de rimpels in een gezicht, de lijntjes om de ogen en om de hoeken van de mond. Zo jong nog, haar Trijntje, en nu al meer groeven in haar voorhoofd dan een aantal maanden geleden. Hoe de tijd verstrijkt. Hoge stormgolven of een rimpelloze zee; het is niet te stoppen.

Herkent Johannes zijn vrouw in zijn dochter? Misschien ziet hij haar soms in een flits, de moeder in het kind. Net als dat hij het kind in de moeder zag, nog voordat ze zelf het vermoeden had en ondanks dat niemand op het eiland nog geloofde dat het zou gebeuren. Maar daar loopt ze, groot gegroeid met alweer een nieuw leven in haar buik, haar eigen dochtertje onwetend dat ze niet de enige blijft, dat er een ander komt, die haar plaats zal proberen in te nemen. Niet zoals Trijntje, die altijd de enige is gebleven. En dan ziet de kleindochter haar grootmoeder en wordt ze nergens meer door afgeleid. Haar ogen blijven strak op Geeske gericht en ze begint te rennen, een wiegende draf, bijna meer zijwaarts dan vooruit, haar armpjes uitgestrekt en haar lach rinkelend in de zilte lucht.

'Opoe! Opoe!'

Geeske vangt haar in haar armen en tilt haar op en omhelst haar zo stevig alsof ze haar voor het eerst in haar armen heeft, alsof het haar kleindochter is op wie ze zo lang heeft moeten wachten. En dan is Trijntje ook bij haar aangekomen en ze kust haar dochter op haar voorhoofd. Ze merkt hoe Trijntje snel een blik werpt in het huisje, op zoek naar een teken van haar vader, een gesloten bedstee, een broek die over de stoelleuning is geslagen, een half leeggedronken beker melk. Ze weet dat hij er niet is; zijn laarzen staan niet bij de deur. Ze zet de melkbus op de grond en vraagt niet naar hem.

'Mooie dag vandaag. Kalm.'

Geeske knikt en zet haar kleindochter op de grond. Geesje rent naar binnen, naar de voorraadkast, en trekt hem open. De aardappels liggen onderin en ze rolt ze een voor een over de grond. Het geluid en de beweging ervan betoveren haar. De aardappels gaan alle kanten op. Ze kan haar ogen er niet van afhouden.

'Voel je al iets?'

Trijntje schudt haar hoofd en kijkt neer op haar dikke, ronde buik. Een jongen, zeggen ze op het eiland, omdat haar buik naar voren groeit en niet opzij. Een jongen, zegt de pendel van tante Fenne, omdat het hangertje ja knikt en niet nee. Een jongen, zegt Dirk, 'want ik weet zeker dat de Heer mijn gebeden verhoort'. Een jongen, zegt Jochem, 'want ik heb vijf, nee, vier zussen en acht nichtjes en dat zijn meer dan genoeg vrouwen voor deze familie'. 'Als het kindje maar gezond is,' zegt Johannes. 'En de moeder bespaard blijft.'

'Het kindje komt wanneer het zelf wil. Jij kwam pas na heel lang wachten.'

Trijntje grimast. Niet weer dit verhaal. Ze denkt dat het met haar eigen kindje, haar tweede kindje, niet zo lang zal duren. Geesje was er binnen een dag en geen week te laat.

'Ik wil niet dat het kindje komt voordat pa weer thuis is.'

Trijntje kijkt naar de zee en dan naar de grond en

Geeske pakt haar handen in de hare. Ze wrijft zachtjes over haar vingers en haar nagels, haar knokkels
en haar opgezette polsen.

'Het duurt niet lang meer,' zegt ze en Trijntje
vraagt niet over wie ze het heeft, over haar vader of
over haar kind. Ze weet dat ze er niet over hoort te
praten, en antwoordt niet. Een aardappel rolt over de
drempel. Ze probeert te bukken, maar haar buik zit
in de weg. Geeske laat haar dochter los en pakt de
aardappel op.

'Wil je wat rusten?' vraagt Geeske.

Trijntje schudt haar hoofd.

'Zal ik thee voor je zetten? Lavendelthee?'

Ook niet. Ze geeft haar moeder een zoen en zegt:
'Ik kom dadelijk terug.'

'Doe maar rustig aan,' zegt Geeske. 'Ik heb vissoep. Ga slapen, nu het nog kan.'

Trijntje zwaait naar Geesje, die half verscholen onder de rokken van haar grootmoeder een aantal aardappels verstopt, en loopt langzaam terug naar haar
eigen huisje, aan de andere kant van de baai, naast
het huisje van de ouders van Dirk. Geeske ziet haar
gaan, haar enige kind, haar dochter. Ze ziet de pasjes
die haar voeten maken, ze ziet de handen die op de
dikke buik rusten. Tien vingertjes, tien teentjes. Ze
zaten er allemaal aan toen Trijntje eindelijk de wereld betrad.

Toen ze nog in haar buik zat, hadden zij en Johannes besloten dat ze het kindje naar haar vader zouden
vernoemen – Hinrik voor een jongetje, Hinrikje voor
een meisje – maar zodra ze er eenmaal was en ze haar
kon bekijken, zag ze dat ze geen Hinrikje was, dat ze

haar dochter zo niet noemen kon. Ze wilde iets anders, iets nobels, een naam die deed denken aan statige vrouwen in sierlijke gewaden. 'Adelheid' wilde ze haar dochter noemen. Johannes lachte, kuste zijn vrouw op haar wang en zijn pasgeboren dochter op haar hoofdje. Hij bukte zich om zijn hiel, eventjes uit zijn klomp gelicht, te krabben en bleef in gedachten verzonken. Hij strekte zich weer en zei: 'Trijntje, zoals mijn grootmoeder, een mooie naam die bij een vissersdochter past. Heb jij ooit van een viswijfje met de naam Adelheid gehoord?'

De dominee verwelkomde de aanwinst in zijn nieuwe gemeente.

'Hoe veel te min de mensche, die eene made is; ende des menschen kint, die een worm is!'

En Geeske schreed met opgeheven hoofd en een blos op haar wangen met haar kindje in haar armen naar de doopvont. Alle blikken waren op haar gericht. Ze voelde Jorrits ogen in haar rug prikken. En toen de dominee zijn hand al in het heilige water had, klaar om het meisje te besprenkelen en te benoemen, schoot Geeske naar voren en fluisterde snel nog wat in zijn oor. De vissers gniffelden en schuifelden op de harde houten banken, hun vrouwen wisselden blikken uit, verstopten hun mond achter hun hand en niemand vergat ooit nog hoe ze heette: Trijntje Adelheid. Maar Geeske lette niet op hen. Zij keek alleen haar kindje in de ogen, haar dochtertje in haar lange, statige doopjurk met geborduurde vissen en schelpen, haar witte haartjes verstopt onder een mutsje afgezet met kant.

Nu is Trijntje uit het zicht, verdwenen tussen de duinen, op weg naar haar eigen huisje. Geeske ziet de sporen van haar klompen in het zand. Af en toe raken ze de sporen van de heenweg of overschrijven ze de afdrukken van haar dochtertje. Geeske tilt haar rokken op, pakt de aardappels van de grond en haalt de melkbus binnen. Ze opent het luik in de vloer en zet de melkbus neer in het donkere gat. Het ruikt er naar ranzige boter en naar schimmel. Het is er koel. Geeske sluit het luik en controleert of het goed dichtzit, zodat niemand erover kan struikelen. Ze ziet de stoom van de kokende soep omhoogrijzen. Ze opent het fornuis en dooft de vlammen. Het deksel van de pan houdt langzaam op te klepperen, de stoomwolken worden smaller en smaller.

Geesje zit onder de tafel met blote voeten, een aardappel in elke klomp. Ze beweegt een klompje over de vloer. Geeske gaat naar haar tuintje en raapt twee takjes van de grond. Ze scheurt twee stukjes papier van de krant waarin Jochems heilbotten waren gewikkeld en prikt die aan de takjes. Ze boort met een mes twee gaatjes in de aardappels en steekt de kleine masten met de zeilen erin. Geesje vaart met haar bootjes door het huis.

'Woesj, woesj,' hoort Geeske haar zeggen; het geluid van de golven en het geluid van de wind. Geeske gaat aan tafel zitten en schilt de overige aardappels. Ze kijkt naar haar kleindochter, de haren in haar nek nat van de inspanning, de kleur bijna wit, net als die van haar moeder en haar grootmoeder. Maar haar gezichtje heeft ze van haar vader. Dirk, de man van Trijntje, is als een zoon voor haar. Een goede jongen. Hij werkt hard. Voor zijn groeiende gezin, voor zijn broertjes en zusjes, voor de herinnering aan zijn moeder. Geeske ziet zijn serieuze gelaat voor zich. Hoe hij als klein jongetje de doodskistjes voor zijn broertjes en zusjes timmerde en zijn moeder soep bracht. Hoe hij haar uit bed hielp en op een stoel zette zodat zijn vader niet zou denken dat ze de hele dag in bed had gelegen en haar een luiwammes zou noemen. Hoe hij als kleine jongen al elke dag bij Geeske voor de deur had gestaan om tussen zijn taken door toch nog even met Trijntje te spelen of later om met haar door de duinen te lopen. Nooit uit haar zicht en nooit langer dan een halfuur. Hoe Trijntje geduldig wachtte op de vraag die haar vriendinnen een voor een werd gesteld, op het bezoek van Dirks ouders aan de hare, en de schok toen bleek dat Dirk haar niet vragen zou. De dochter van Wendel had hem als vrouw geschikter geleken. Niet alleen Wendel zelf was op het eiland geboren en getogen, ook haar mans familie woonde al zo lang als ze zich konden herinneren op het eiland. Het kerkhof stond vol met de grafstenen van beide families. En de dochter van Wendel was de oudste van negen kinderen en was het gewend voor haar broertjes en zusjes te zorgen, om het huishouden te doen, om haar moeder te troosten als er weer een zuigeling stierf. Hij betwijfelde of Trijntje wist wat het betekende om hard te werken. De dochter van Wendel. Haar naam is haar ontschoten. Later trouwde ze met de jongere broer van Dirk en werden zij en Trijntje schoonzussen. Ze wonen vlak bij elkaar, maar Trijntje spreekt niet vaak over hen. Ze is vaak bij haar nichten te vinden, de dochters van Fenne, al zijn die dan wat jonger. En ze staat vaak samen met Jaukje netten te breien; de dochter van Jikke, de dochter van Jorrit. Ze zijn bijna even oud. Jaukje is in de zomer geboren, Trijntje in de herfst. Geeske snijdt de aardappels in stukken en legt ze op tafel. Het water is op, ze kan ze niet afspoelen. Ze veegt haar handen af aan haar schort. Geesje komt bij haar staan en geeft haar de aardappelbootjes. Het zeil van het ene is gescheurd, het andere heeft zijn mast verloren. Geeske schilt de aardappels en de bootjes zijn verdwenen. Het meisje sloft naar de achterdeur. Ze heeft haar klompjes aan de verkeerde voet gedaan, de punten lopen naar buiten toe.

'Kip!' zegt ze en wijst met haar vingertje naar de eieren in het nest.

'Heel voorzichtig!' zegt Geeske. 'Een voor een.'

Ze komt bij de deur staan. Geesje houdt zich met twee handen aan de deurpost vast en stapt naar beneden. Haar rechterklompje valt van haar linkervoet. Met de andere klomp nog aan hinkt ze naar het nest.

'Doe je andere klompje ook maar uit,' zegt Geeske. Geesje kijkt naar haar grootmoeder en dan naar haar voeten. Ze hurkt op de grond en laat zich op haar billen vallen. Ze trekt haar klompje uit, steunt met een hand op de grond en staat weer op. Vier eieren liggen er tussen het helmgras. Ze maakt een kommetje van haar handen en schept er een omhoog. Heel langzaam loopt ze naar Geeske toe en geeft haar het ei.

'Voor opoe.'

'En voor Geesje?' vraagt Geeske.

'Geesje ook,' zegt ze en ze loopt terug om nog een ei te halen. Ze brengt het ei naar Geeske en samen gaan ze weer naar binnen. Uit de voorraadkast pakken ze wat meel en ze strooien het samen in een kom. Kleine vlokjes dalen neer op hun haar. Geeske tilt Geesje op en ze staat met haar blote voetjes op de stoel. Ze legt haar handjes op die van haar grootmoeder en weeft haar gladde vingertjes tussen de ruwe, oude vingers. Geeske breekt een ei op de rand van de tafel en samen openen ze het boven de kom zodat de dooier naar beneden glijdt en het eiwit met zich meetrekt. De dooier is heel gebleven en Geesje prikt er met haar vinger in om hem te breken. Ze likt haar vinger af en helpt het volgende ei te breken en te openen. Samen houden ze de lepel vast om het meel en het ei door elkaar te roeren. Wat als Dirk uiteindelijk niet met Trijntje was getrouwd? Dan was er iemand anders geweest – een van de zonen van Ada of de zoon van Marrigje, misschien een van haar neven – en liep ze hier met een ander kleinkind. Of geen een. Het beeld van Johannes rijst in haar op. Hoe hij in de schemering zwijgzaam, met grote stappen, naar het huis van Dirks ouders liep en Dirk vroeg een eind mee te gaan wandelen. Na die avond liet Dirk bijna twee weken lang niets van zich horen. Maar naar Wendels dochter ging hij ook niet.

'Wacht maar af,' zei Johannes en kuste zijn dochter op het voorhoofd.

'Maar wat heb je hem dan gezegd?' vroeg Trijntje, nauwelijks hoorbaar.

'Dat is tussen ons.'

's Nachts in de bedstee meende Geeske een onderdrukte snik te horen, een schok te onderscheiden van bedekte schouders in een hoek van de kamer en ze draaide zich naar Johannes toe en vroeg hem dezelfde vraag en kreeg hetzelfde antwoord toegefluisterd. Hij streek zijn vrouw door het haar en zij pakte zijn palm met beide handen vast.

Nu loopt Geesje in diezelfde kamer. Geeske neemt de koekenpan van zijn haak en zet hem naast de pot op het fornuis. Ze stookt de kolen weer op, maant Geesje niet te dichtbij te komen. Ze smelt boter in de pan en haalt de stukken vis door het eimengsel. De vis spettert en sist wanneer hij in de gloeiende boter landt. Ze bakt de vis tot die gaar is en de bruine korstjes knapperig zijn en legt de stukken terug op het bord. Ze bergt de koekenpan op onder het fornuis, uit de buurt van Geesje, die door de kamer struint met haar klompjes in haar hand. Ze slaat de zolen tegen elkaar en springt. Maar haar voeten komen niet van de grond, kunnen zich nog niet losmaken van de aarde, en ze moet haar hakken neerzetten om haar evenwicht te bewaren. Tien teentjes, tien vingertjes. Geesje hupst rond en klapt met haar klompjes. Het is een goede jongen, haar vader. Op zijn knieën is hij gegaan, voor Johannes, om Trijntjes hand te vragen. En nu is zij zijn vrouw. Het meisje met de nobele naam die doet denken aan statige jonkvrouwen in slepende gewaden. Tadeltje Rijnheid, noemt Johannes haar.

Geeske knoopt haar omslagdoek om haar schouders en loopt naar haar kleindochter toe. Ze pakt haar klompjes en doet ze aan haar voeten. Handje in hand lopen ze naar de voordeur waar Geeskes klompen achter staan. Netjes naast elkaar. Haar voeten glippen in de klompen zonder dat ze het huis verlaat en Geesje laat haar hand niet los. Samen klikklakken ze naar de achterdeur en stappen ze naar buiten. Geeske pakt de emmer die naast de deur staat. De kippen komen op haar afgestoven en drommen om haar kuiten.

'Psssj, pssjj,' sist Geeske en zwaait met de emmer.

'Pssz, pssz,' lispelt Geesje en slaat met haar hand in de lucht. De kippen fladderen ieder een andere kant op en vervolgen hun gepik in de grond, zonder op of om te kijken, alsof niets hen deert.

'Kip weg,' zegt Geesje en kijkt omhoog naar Geeske. Samen stappen ze verder.

De waterpomp is nauwelijks te zien vanuit het huis, staat in een glooiing van de duinen, en wordt omringd door gras. Een wilde kamperfoelie krult erlangs omhoog. Ze weet nog hoe de pomp er van de ene op de andere dag stond. De tweede waterpomp van het dorp. In haar tuin. Ze was de hele dag bij Hattie geweest om te helpen met de kinderen terwijl Hattie voor de jongste zorgde, die doodziek in haar bedje lag. Iedereen was bang dat het kindje gehaald zou worden en Hattie week niet van haar zijde in de hoop dat ze de Engel des Doods van gedachten kon doen veranderen. En toen Geeske haar verliet, leek de koorts te zijn gezakt en klauwde het kindje zwakjes naar haar moeder. Weer thuisgekomen, stond er ineens een waterpomp in haar achtertuin. Ze knipperde met haar ogen. Glanzend nieuw, geen gekraak en geen gepiep, zonder afbladderende verf en met een stevige, heldere straal. Ze nam een slok van het water, smakte met haar lippen, maar de zoute nasmaak was zo flauw dat je die al bijna vergeten was zodra je hem opmerkte. Een grijnzende Johannes ernaast, besmeurd met modder. Een hand in zijn zij en een hand op de pomp. Ze hoefde nooit meer op haar beurt te wachten. De vrouwen keken haar niet meer aan wanneer ze bij de dorpspomp stonden om water te halen en zij voorbij kwam lopen. Ze draaiden zich weg en begonnen heel snel de hendel op en neer te bewegen.

'Emmertjes water halen,' murmelt Geesje voor zich uit.

'Twee emmertjes pompen, de meisjes op de klompen,' zingt Geeske terwijl ze op de plaats op de grond stampt. 'De jongens op een houten been, rij maar door mijn straatje heen!'

En ze zet de emmer op de grond, pakt Geesjes beide handen en rent zijwaarts met haar terug de tuin in.

'Van je ras, ras, ras, rijdt de koning door de plas!'

De kippen schieten uiteen en beginnen luid te

kakelen. De haan fladdert omhoog en strijkt op een struikje neer.

'Van je voort, voort, voort, rijdt de koning door de poort. Van je erk, erk, erk, rijdt de koning door de...'

'Kerk!' gilt Geesje. 'Een, twee...'

'Drie!' roept Geeske, neemt het meisje in haar armen en zwiept haar in een grote draai van de grond. Geesje moet hikken van het lachen en hangt met beide armen aan haar grootmoeders nek. Alsof het Trijntje is, denkt Geeske, alsof ik hier weer sta met Trijntje in mijn armen en mijn nieuwe waterpomp achter in de tuin en de jaren niet verstreken zijn. Alsof gisteren en eergisteren nooit hebben bestaan en ik weet dat Johannes elk moment thuis kan komen met zijn korven vol garnalen of zijn netten vol met vis.

Ze zet Geesje op de grond en laat haar de emmer halen. Ze moet de emmer met beide handjes tillen en krijgt hem dan nog maar net van de grond. Met kleine stapjes en grote inspanning loopt ze naar de waterpomp en Geeske loopt achter haar aan. Geesje zet de emmer onder de pomp en probeert de hendel omhoog te duwen. Het puntje van haar tong spiekt uit haar mondhoek naar buiten. Ze komt niet ver. Geeske neemt het van haar over. Langzaam trekt ze de hendel omhoog en duwt ze hem weer omlaag. En nog een keer. Omhoog, omlaag, omhoog, omlaag. Het duurt even. Dan begint het water te stromen en voordat ze het weet, vloeit de emmer over. Het water glinstert in de ochtendzon. Geesje pakt de randen vast en likt met haar tong wat water op. Ze gaat op de grond zitten, de emmer tussen haar beentjes in.

Haar haren vallen over haar ogen terwijl ze zich over de emmer buigt. Ze slurpt het water op en giechelt.

Geeske leunt op de pomp. De koeien in de kwelder zijn verdwenen. Twee grote blaarkoppen. Koeien die kalveren baarden van de stier van de dominee. Elk jaar opnieuw. Dan laadde de dominee 's ochtends zijn stier op de bomschuit van een van de vissers van de overkant en kwam hij de stier brengen. Johannes leidde zijn koe naar het strand, waar ze moeilijk kon ontsnappen door de duinen en hoge zeereep, en dan werd de stier op haar losgelaten. Het duurde nooit lang en het werkte altijd. Een van de kalfjes van die kalfjes staat nu bij Trijntje en baart zelf kalveren. Ze heeft altijd volle uiers, genoeg voor haar eigen kalf en meer dan genoeg voor Trijntje, die elke dageraad en elke schemering haar krukje en melkemmer pakt.

Het was niet makkelijk een koe te melken. Geeske keek vanuit haar huisje toe hoe Johannes hun eerste koe de kwelder in leidde. Hij wenkte haar, maar ze bleef liever bij het raam staan. Het duurde een aantal dagen voordat ze bereid was toe te kijken hoe Johannes haar molk en toen hij erop aandrong dat zij het ook zou leren, ging ze weifelend naast het beest zitten. Ze vreesde dat de koe haar iets zou aandoen, dook niet ver genoeg onder haar flanken en kneep veel te zacht in de roze spenen. Johannes zat naast haar, op zijn knieën, en liet het haar keer op keer zien. Hij trok aan de spenen, leek ze uit te rekken en kneep zijn vuisten toe waardoor de melk in de emmer spoot. Die was warm en vet en rook heerlijk. Johannes doopte zijn vinger in de melk en likte die af. Geeske deed hetzelfde en keek daarna om zich heen alsof ze zich betrapt voelde. De koe graasde, deed af en toe een klein stapje, maar schopte niet. Johannes ging achter Geeske staan en pakte haar handen. Hij liet haar de zacht behaarde spenen aaien, verzekerde haar dat het de koe geen pijn deed, dat een kalf met zijn kaken veel meer kracht zette dan mensenhanden konden evenaren. Geeske probeerde het weer, trok en kneep zo hard ze kon, leunde met haar hoofd tegen de ribben van de koe. Het begon met een klein stroompje, aaneengeregen druppels, maar het ging daarna steeds beter totdat ze harde stralen eruit kreeg en ze de emmer zelf kon vullen. Ze droeg de emmer trots naar binnen en Johannes vulde twee bekers. Geeske kon het niet geloven en stond onwennig met de beker in de hand. Melk, daar maakte je boter van en kaas, dat was veel te kostbaar om zomaar weg te drinken en nu stond Johannes tegenover haar en dronk de beker in één teug leeg. Hij zette de beker op de tafel en lachte naar haar, met de room nog op zijn bovenlip.

'Drink op!'

Maar Geeske kon alleen maar naar de beker in haar hand kijken. Hij nam de beker van haar over en kuste haar op de mond. Ze proefde het vet en toen Johannes ook háár beker aan zijn mond wilde zetten, pakte ze hem terug en nam een slok.

'Nu moet ze nog een naam krijgen.'

Geeske likte haar lippen af.

'Een naam? Voor een koe?'

Johannes knikte ernstig en dacht na.

'Alderina!' riep hij uit.

'Johannes! Nee.'

'Waarom niet? Dan kan ik elke keer als ik haar zic aan mijn moeder denken.'

'Daarvoor heb je die koe toch niet nodig. God hebbe haar ziel.'

'Rientje dan.'

Johannes grinnikte. Voortaan heette de koe Rientje en het eerste kalfje dat zij kreeg, noemde Trijntje Trientje. 's Avonds kwam Johannes thuis en schaterden ze samen om de namen die ze hadden gekozen. Ze hielden het kalf en zo stonden er twee koeien in de kwelder achter hun huisje. Rientje en Trientje. Ze zijn allang dood. Hun oude koeienvlees geroosterd en opgegeten zodra ze te oud waren om nog te kalveren. De koe die bij Trijntje achter staat moet een kleindochter zijn van Trientje, of zelfs een achterkleinkind. Af en toe fluistert Trijntje haar toe: 'Kom maar, Trienie, toe maar, goeie ouwe koe.' Maar alleen als Dirk niet in de buurt is om haar te berispen. Dieren horen geen namen te krijgen, en zeker geen mensennamen. Hij bedoelt het goed, Dirk, haar jonge, ernstige schoonzoon.

Geeske kijkt naar haar kleindochter. Ze heeft grassprietjes geplukt en in het water gegooid en is bezig haar met zand gevulde knuistje in de emmer te legen. Ze kijkt naar de korreltjes die tussen haar vingertjes door glippen. Haar hansopje is nat en vuil van de modder.

'Soep.'

Geeske raapt een takje van de grond. Geesje staat op, houdt het takje met twee handen vast en roert ermee in de emmer. Geeske aait haar over het hoofd.

Ze had nooit verwacht dat haar eerste kleinkind, haar kleindochter, naar haar vernoemd zou worden. Meestal waren eerst de grootouders aan de kant van de vader aan de beurt. Of de ouders van de man. Het was een geschenk van Trijntje voor haar, want je wist maar nooit of er nog meer zouden volgen. En nu is Trijntje weer in verwachting en kan ze het kindje als het een meisje wordt naar Dirks moeder vernoemen en als het een jongetje wordt... Geeske draait zich naar de zee. Er is niemand te zien. Alle boten zijn verdwenen, achter de vis aan, of op weg naar de garnalen. Maar van hier zie je maar een klein gedeelte, denkt ze en dan, terwijl ze naar het water in de emmer kijkt: eigenlijk zien we altijd maar een klein gedeelte.

'Kom.'

Ze reikt Geesje haar hand, zo groot vergeleken met die kleine vingertjes. Ze neemt de emmer in de andere hand en wil weer terug naar binnen lopen wanneer ze een glimp van iets roods opvangt.

'Ssst!'

Ze legt haar vinger op haar lippen en hurkt naast Geesje neer. Ze spiedt om zich heen en dan ziet ze het vogeltje verscholen achter de bladeren van een veenbes. Het lijkt op een visdiefje, maar Geeske kan het niet goed zien. Ze schuifelt een stukje naar voren. Geesje houdt zich aan haar schouder vast en leunt met haar kin op haar handjes. Ze gaapt. Het vogeltje richt zijn kopje op en wipt tevoorschijn. Zijn snaveltje is bloedrood. Nergens een zwarte stip.

'Een noordse stern,' fluistert ze.

'Diefie,' zegt Geesje.

'Nee, geen visdiefje. Daar zit het eiland vol mee.'

De vogel hupt op de takken van de struik en verdwijnt uit het zicht. Geeske stapt uit haar klompen en loopt iets verder de kwelder in. Ze buigt voorover, haar handen tussen haar knieën, turend tussen de bladeren van de struik. Dan ziet ze zijn rode snaveltje weer oplichten. De stern zet zich af en vliegt de lucht in. Het takje waar hij zojuist nog op zat bungelt heen en weer. Hij vliegt naar de zee. De kleur van zijn snavel vervaagt.

'Vogel weg.'

'Ja,' zegt Geeske en stapt weer in haar klompen. Ze neemt de emmer mee. Water klotst over de rand de tuin in en Geesje stampt met haar klompjes in de plasjes. Binnen spoelen ze de aardappels een voor een schoon en Geeske snijdt ze doormidden. Ze gooit de stukken in de soep. Geesje roert met de pollepel in de emmer.

De zon is nu het huisje binnengekropen en maakt schaduwen op de vloer. Geeske ziet het stof glinsteren in de stralen van de zon. Zulke kleine zandkorreltjes dat ze licht genoeg zijn om te vliegen, denkt Geeske. Ze kijkt door het raam, maar de stern is nergens te bekennen. De zee is leeg en stil. Er is nauwelijks beweging zichtbaar. Hoe hoog zou een vogel kunnen vliegen? Hoog genoeg om bij de sterren te komen? Geeske denkt aan het stof tussen de veren van de vogel, dat langzaam van onder zijn vleugels vandaan zal dwarrelen en zal glinsteren in het licht van de sterren.

Geesje klautert bij haar grootmoeder op schoot en nestelt zich in haar armen. Ze stopt haar duim in haar mond en krult haar tenen onder haar billen. Tien vingertjes, tien teentjes. Geeske aait haar van haar voorhoofd tot haar kruin, aait de haren uit haar gezichtje. Haar oogjes vallen dicht en alleen haar mondje beweegt nog, zuigt gretig aan de duim. Zo vaak heeft ze hier gezeten, op deze stoel, met een kindje in haar armen. Met Trijntje. Met al haar neefjes en nichtjes, de kinderen van Hattie, Mina en Fenne. Met het kindje van haar zusje Elsje. Het kindje zonder naam, dat ook gestorven is, een paar dagen nadat Elsje stierf. Met haar kleine broertje Jochem, die jonger is dan haar Trijntje, die geboren werd toen haar eigen moeder net zo oud was als zij nu is. Het kan. Het kan nog. Maar ze zal er niet om vragen, ze zal er niet om smeken, ze zal geen beloftes doen die ze niet na kan komen. Sara zou hem nooit geofferd hebben, denkt ze, het kind waar ze zo lang naar verlangd had. Sara was nog veel ouder dan haar moeder was toen die Jochem kreeg, ouder dan haar moeder ooit geworden is, en toch baarde zij nog een kind. Ze hoort de stem van de dominee in haar hoofd galmen: 'Door het geloove heeft oock Sara selve kracht ontfangen om zaedt te geven, ende boven den tijdt hares ouderdoms heeft sy gebaert.'

Heeft de Heer daarom Abraham gevraagd zijn zoon te offeren, omdat Hij wist dat Sara Hem niet zou gehoorzamen? Ze heeft het de dominee nooit durven vragen. Ze wil weten of de Heer Sara niet heeft aangesproken omdat Hij wist dat ze haar kind niet zou doden, en Hij haar wilde behoeden voor Zijn toorn. Toont Hij zo Zijn barmhartigheid? Geeske verschuift haar armen en Geesje slaakt een zucht. Haar duim glijdt uit haar mond en haar tong komt tussen haar lippen tevoorschijn. Geeske legt haar hoofdje tegen haar schouder. Wanneer ze gaapt, rijst haar borst omhoog en raakt Geesjes hoofd haar kin. Ze sluit haar ogen, eventjes maar.

Geeske schrikt wakker van de schreeuw van een vogel. Ze recht haar rug en trekt haar schouders naar achteren. Geesje opent langzaam haar ogen, maar ze kan ze niet openhouden en ze vallen weer langzaam dicht. Geeske staat op met haar kleindochter stevig in haar armen geklemd. Ze kijkt uit het raam en ziet nog net hoe de noordse stern opstijgt en naar de zee toe vliegt. Boven het water duikt hij naar beneden en komt dan na een paar seconden weer omhoog, in zijn rode snavel een spartelende vis. Ze volgt hem met haar ogen. Hoger en hoger vliegt hij met zijn buit. Ze doet een stapje naar voren en leunt met haar hoofd tegen het raam totdat de vogel uit het zicht is verdwenen.

'Hij komt hier bijna nooit,' zegt ze. 'En als hij komt, blijft hij altijd maar heel even.'

Geesje wordt wakker.

'Vogel weg,' zegt ze.

'Weg vogel,' zegt Geeske en zet Geesje zachtjes op de grond.

PIEREWAAIEN

Buiten draagt de bries het geroezemoes van de vrouwen van het eiland met zich mee. Geeske ziet ze op het strand staan, in groepjes of alleen, gebukt. Tureluurs weven tussen hen door, deinzen terug wanneer iemand plotseling opstaat. Haar zus en haar nicht werken naast elkaar, haar andere nichtjes staan verderop met elkaar te smoezen. Ze zoekt naar haar jongste zusje, maar ziet haar niet. Verder weg ziet ze Wendel met Marrigje praten. Wendel kijkt naar de grond en strijkt met haar hand over haar voorhoofd. Rinske! Ineens weet Geeske het weer. Zo heet Wendels oudste dochter, de dochter met wie Dirk eerst wilde trouwen. Hij dacht dat zij geschikter zou zijn als vissersvrouw omdat haar ouders allebei eilanders waren, omdat haar vader was omgekomen op zee; een echte visser. Nu is hij met Trijntje getrouwd en Rinske met Dirks jongere broer. Wendel had haar graag nog thuisgehouden om te helpen met haar andere kinderen, maar Rinske is gevlogen om haar eigen gezin te vormen. Nu moet haar andere dochter, Jildou, haar helpen met de kinderen, met het huishouden en met de vis. Wendel hoopt dat zij langer bij hen blijft, niet te jong trouwt, niet zo veel kinderen krijgt. Ze heeft haar thuis nodig. Marrigje legt een hand op Wendels schouder.

De zee heeft zich teruggetrokken en het strand ligt

open en bloot vóór haar. De wulpen schrijden heen en weer in de branding, met hun lange snavels boren ze in het zand. Boven de zee zweven de meeuwen, krijsend, spiedend. En visdiefjes. Die duiken in het water en schieten weer omhoog de lucht in, hun snavels vol met vis. Geeske draait zich om en zet de emmer met het vuile water bij de achterdeur. Ze knoopt haar omslagdoek los en schudt hem uit. Dan legt ze de doek zorgvuldig om haar schouders en trekt de spelden uit de tafel. Een voor een steekt ze de spelden door de doek en door de stof van haar jakje en speldt hem stevig vast. Het zilver weerkaatst het zonlicht waardoor er lichtjes dansen op de vloer. Sterren in mijn huis, denkt Geeske, niet te tellen zo veel sterren. Ze pakt haar kapje, zet het op en schuift haar haren eronder. Haar nek voelt bloot. Ze trekt Geesje haar klompjes en haar vestje aan. Ze pakt de emmer en wil naar buiten gaan, maar Geesje staat stil en trekt haar aan haar rokken.

'Opoe, eten.'

Geeske breekt wat stukken brood af en doopt ze in melk. Het brood zuigt de melk in zich op en zet uit op het schoteltje. Ze legt het naast Geesje neer op de grond. Geesje propt een stuk in haar mond. En dan nog een en nog een. Als het brood op is, slurpt ze de melk van het schoteltje.

'Opa,' zegt ze.

Geeske knikt. Johannes slurpt altijd zijn melk op om Geesje aan het lachen te maken. En dan geeft hij haar een kus op haar hand, om een afdruk van room achter te laten. Geesje staat op en geeft haar het schoteltje en als ze het aanpakt kust Geesje haar op haar hand. Ze schatert het uit. Geeske lacht ook, maar haar ogen beginnen te tranen. Ze zet het schoteltje weg en met een hoekje van haar schort veegt ze haar wangen droog. Ze leunt met beide handen op de tafel. Drie nachten. De vierde dag. Ze wil gaan zitten, maar duwt zichzelf van de tafel af.

Geesje staat bij de deur en probeert de deurkruk te draaien. Het lukt niet, het is te zwaar. Geeske gaat naar haar toe en zet haar op haar heup. Met haar arm houdt ze haar stevig tegen zich aan gedrukt en Geesje hangt met haar armen om haar grootmoeders nek. Met haar emmer in haar andere hand loopt Geeske naar buiten. Ze doet de deur niet helemaal dicht, maar laat hem op een kier. Ze laat hun huisje achter, het laatste huisje aan deze kant van de baai. De hekkensluiter. Aan de ene kant, een stuk verder naar beneden, woont Jochem in het huisje waar zij, hij en hun zussen zijn opgegroeid. Aan de andere kant de duinen, het water. Ze loopt tot aan het einde van het pad en daalt de duinen af. Fenne ziet haar aankomen, gaat rechtop staan en zwaait. Geesje zwaait terug naar haar. Achter Fenne staat Hattie, voorovergebogen met haar gezicht naar de zee. Haar neus raakt bijna het schuim van de laatste golf. Ze ziet hen niet, ze kijkt niet op.

Geesje blijft zwaaien. Geeske zet haar neer waar het rulle zand ophoudt, waar het strand glad en gemakkelijk begaanbaar wordt. Ze schopt haar klompen uit en voelt het strand onder haar voeten. Geesje rent naar Fenne, die Reitse op haar rug heeft gebonden met haar omslagdoek. Hij slaapt. De blonde haartjes die onder zijn mutsje vandaan komen, bedekken

78

zijn ogen en zijn dikke knuistjes rusten op Fennes schouderbladen. Hattie heeft Geesje aan horen komen rennen en richt zich op in een draai, haar rok volgt de beweging van haar lichaam. Fenne gaat op haar hurken zitten en kust Geesje in haar nek. Het meisje giechelt en drukt haar kin tegen haar borst zodat Fenne haar nekje niet langer kussen kan. Geesje klimt op Fennes knieën, leunt met haar handen op Fennes schouders en kijkt naar Reitse. Ze aait hem over zijn hoofdje en legt haar vingertje aan haar lippen.

'Sssst!'

Hattie loopt Geeske tegemoet. Ze blijven tegenover elkaar stilstaan. Hattie kijkt haar aan.

'Nog steeds geen nieuws?'

Geeske schudt haar hoofd. Ze kijkt uit over het water. Ze denkt aan Johannes zoals hij voor haar stond op de laatste ochtend dat ze hem heeft gezien. Ze duwt de herinnering weg.

'Je moet vertrouwen hebben in de Heer.'

Geeske richt haar blik naar de grond. Er ligt een geel nonnetje aan haar voeten. Ze zal zich moeten bukken om het op te pakken. Ze blijft staan en schuift het schelpje met haar tenen onder haar zool.

'Ik heb voor je gebeden. Voor jou en voor Johannes.'

Fenne komt bij ze staan en pakt de hand van haar grote zus.

'Geen nieuws?'

'Nee, nog geen nieuws.'

'Ook geen slecht nieuws, Gees. Daar moet je je aan vasthouden.'

79

'Ik blijf bidden. Voor jullie allebei.'

Geeske knikt. Ze kijkt om zich heen. Geesje speelt in de branding met twee stukken drijfhout. Haar klompjes liggen ondersteboven in het water.

'En Mien?'

'De tweeling is nog steeds ziek. We zullen de pieren verdelen.'

Fenne laat haar hand los en bukt zich. Hattie zit al op haar hurken en tuurt in haar emmer. Geeske zet haar eigen emmer naast die van haar zussen en blijft staan. Alle vrouwen om haar heen hebben zich voorovergebogen. Alleen zij staat nog rechtop en steekt boven iedereen uit. Als een pilaar, denkt ze, als een zoutpilaar. Marrigje ziet haar staan en richt zich half op om haar met haar hand te groeten. Ze maakt aanstalten om naar Geeske toe te komen, maar houdt dan stil en bukt zich weer, haar ogen op haar gravende vingers gericht. Ada laat wel haar emmer staan en komt op haar afgelopen. Haar zware, zwarte rokken slepen over het zand.

'Het gebeurt ons allemaal een keer, Geeske. Niemand blijft bespaard.'

'Nee, niemand blijft bespaard.'

Er komt een dag, denkt Geeske, dat je man niet terugkeert, dat je alleen achterblijft. En misschien is dat vandaag. Een dag die begint als alle andere, maar eindigt zoals geen enkele.

'Het is eigenlijk een wonder dat het nooit eerder is gebeurd. Ik bedoel, voor een molenaarszoon.'

'Houd je stil. Dadelijk overkomt het ons ook nog.'

Jikke is bij ze komen staan, de hendel van haar emmer in beide handen vastgeklemd. Een tiental pieren krioelt over elkaar heen. Het zand plakt aan ze vast en verbergt hun glibberige, roze lijfjes. Er zitten een paar heel dikke tussen. Gulzige zandvreters, denkt Geeske. Ada knoopt haar zwarte omslagdoek stevig om haar nek en trekt de uiteinden strak.

'Ik zeg alleen dat niemand bespaard blijft.'

'Niet als je erover blijft praten, nee! Mij is het al een keer gebeurd en godzijgeprezen kwam Jorrit heelhuids thuis. Maar ik wil het niet nog eens doormaken.'

Geeske ziet Jorrit voor zich. Hoe hij haar volgt met zijn ogen als ze 's zondags op haar bankje in de kerk gaat zitten. Maar zij kijkt recht vooruit, ze kijkt niet om.

Ada trekt haar lippen samen. 'Jij moet je mond houden, Jikke. Jouw man is thuisgekomen.'

'God heeft mij gespaard.'

Jikke draait zich om en voegt zich bij Wendel, die samen met haar dochters aan het werk is. Geeske ziet ze fluisteren. Wendel schudt haar hoofd, keert Geeske haar rug toe, zonder haar kant uit te kijken. Ada zucht, ze haalt haar emmer en loopt de andere kant op. Haar blote voeten petsen op het lage water. Rinske en Jildou kijken op en ze volgen haar met hun ogen. Dan draaien ze zich weer naar elkaar toe en graven verder. Hun voorhoofden raken elkaar bijna, de haren die onder hun kapje uit vallen, waaien zachtjes in de zeebries.

Geeske pakt het nonnetje onder haar zool vandaan en steekt het in de zak van haar schort. Ze zoekt op de grond naar een pierenhoopje. Vlak voor haar rechter grote teen ligt er een. Ze bukt. Ze schraapt twee keer met haar vingers wat zand weg en heeft het holletje van de pier te pakken. In een handomdraai grijpt ze de worm eruit en mikt op haar emmer. Ze mist.

'Fenne!'

Fenne kijkt om. Ze wijst naar de grond. Fenne grijnst, pakt de pier en gooit hem in haar eigen emmer. Haar emmer is al halfvol. Geeske graaft verder, schuifelt op haar knieën van hoopje naar hoopje. Geesje waggelt achter een tureluur aan. De vogel probeert half lopend, half fladderend aan haar te ontsnappen, maar ze blijft hem volgen. Dan geeft hij het op, zakt door zijn poten, slaat met zijn vleugels en stijgt op. Een paar meter verder daalt hij weer neer, schudt hij zijn veren en gaat hij weer op zoek naar eten. Geesje laat hem gaan en komt naast haar grootmoeder zitten, ook op haar knieën. Geeske wijst haar op een hoopje. Haar kleine vingertjes graven, maar ze is niet snel genoeg en de pier ontglipt haar. Geeske laat haar nog een hoopje zien en tovert zelf nog een aantal pieren uit het zand tevoorschijn. Ze toont ze aan Geesje, die met haar wijsvingertje in de kronkelende massa prikt. Dan maakt ze een kommetje van haar handjes en Geeske laat de pieren erin glijden. Stapje voor stapje loopt Geesje weg met haar ogen op haar handen gericht. Het strand heeft een zandafdruk op haar knietjes achtergelaten. Bij de emmers staat ze stil. Ze kijkt van de emmer van Fenne naar de emmer van Hattie en ziet dan Geeskes emmer staan. Ze opent voorzichtig haar handjes boven de lege emmer. De pieren vallen zachtjes op de bodem en kronkelen verder.

Geeske houdt met haar linkerhand de onderkant van haar schort omhoog en met haar rechterhand blijft ze graven. Elke pier die ze vindt, laat ze in haar schort vallen. Ze laat met haar knieën strepen achter in het zand, schuift steeds verder van de andere vrouwen vandaan, steeds dichter naar haar kant van de baai. Geesje komt naar haar toe gerend om nog meer pieren te halen. Ze plukt ze met duim en wijsvinger een voor een uit Geeskes schort en probeert haar hand te vullen, maar het zijn er te veel en ze glijden tussen haar vingertjes door op de grond.

'Hou je handjes maar op.'

Geeske geeft haar de wormen. Geesje draait met haar hoofd van de ene naar de andere kant en wanneer ze Fenne heeft gevonden, begint ze te rennen. Ze heeft haar handen op elkaar gedaan, laat geen gaatje open en de pieren schudden heen en weer. Geeske volgt de dikke kuitjes, de dikke armpjes, het witblonde haar dat op en neer stuitert en ze denkt: de mens is geen worm. Ze kijkt van de pier in haar hand naar Geesje en zucht. Een mensenkind is geen worm. Ze legt de pier op de grond en leunt met haar handen op het zand. Ze kijkt hoe hij een eindje van haar vandaan kruipt en zich dan begint in te graven. Ze laat hem gaan. Morgen is er weer een dag. Ze kijkt uit over het water. Bij het omrollen van een golf is het net of iemand omkijkt en terugkeert, telkens weer opnieuw. Ze rollen om en om en om.

Een schreeuw steekt af tegen het ruisen van de zee. Reitse is wakker geworden. Fenne gaat op het strand zitten, maakt haar omslagdoek wat losser en neemt haar zoontje van haar rug. Ze maakt de middelste knopen van haar jakje los, hijst haar hemd omhoog en legt hem aan de borst. Dan trekt ze de omslagdoek om hem heen. Geesje gooit de pieren in de emmer en veegt haar handjes aan haar vestje af. Ze gaat naar Fenne toe, wil zien hoe Reitse van haar borst drinkt. Ze staat op haar teentjes, met haar ene hand op Fennes schouder en de andere hand in de holte van haar elleboog. Geeske ziet het kindje niet, alleen zijn witte mutsje, dat zachtjes op en neer beweegt. Een jongetje. De laatste, hoopt ze. Geeske heeft het haar aangeboden, in de jaren voordat ze Trijntje kreeg en in de jaren nadat Trijntje was geboren en zij niet weer in verwachting raakte: 'Fenne, laat mij je helpen. Ik heb maar één kind om voor te zorgen.'

Maar Fenne wilde het niet. Ze wist niet wie ze dan bij haar zus onder had moeten brengen. Ze wilde de familie niet opbreken. Ze wilde niet dat een van haar kinderen, of sommige van haar kinderen, het beter zou hebben dan de andere. Ze wilde niet dat er over haar gesproken zou worden door de andere vrouwen. En daarom ging Johannes 's avonds Jan helpen om nog een bedstee te timmeren of om het huis open te breken om er nog een stukje aan te bouwen. En daarom stond Fenne met tranen in haar ogen in Geeskes kamer, met twee kinderen aan haar rokken, een zuigeling in haar armen en met de herinnering aan een levenloos lichaampje in een wiegje. En onder haar rokken een opbollende buik.

'Waarom, Geeske? Waarom krijg ik er nog een?'
'Ik weet het niet, Fenne. Ik weet het niet.'
En nu wiegt haar zusje Reitse in haar armen en

neuriet ze een psalm voor hem. Ze murmelt hem zachtjes toe: 'Blijf bij mij, mijn lieveling, blijf bij mij, mijn kleintje.'

Fenne zit bij hun emmers. Geeske loopt naar haar toe. Hattie komt ook bij ze staan. Haar emmer is tot aan de rand gevuld. Overal op het strand liggen hoopjes zand naast kleine kuiltjes. Waar de kuiltjes niet zijn ondergelopen met water zijn de vingerafdrukken nog te zien. De meeste vrouwen zijn naar huis gegaan. Hier en daar graaft nog iemand of zit op haar hurken om de pieren in haar emmer in zich op te nemen. Geeske geeft haar emmer aan Hattie.

'Hier, voor Mien. Ik hoef ze niet.'

'Maar Geeske, morgen misschien...'

'Nee, neem maar. Mina heeft ze harder nodig dan ik.'

Hattie heeft nu in elke hand een emmer. Een melkmeisje, denkt Geeske, met een onzichtbaar juk, en ze ziet weer voor zich hoe ze voor het eerst Rientje probeerde te melken, ze voelt weer die zacht behaarde spenen in haar ruwe handen.

'Zal ik je straks nog wat melk brengen, Hattie?'

'Trijntje heeft vandaag al melk gebracht. Hij was nog warm.'

Ze kijken allebei naar Fenne. Reitse drinkt gulzig van haar borst. Hij snuift en snoeft alsof zijn leven ervan afhangt, denkt Geeske en dan: maar zijn leven hangt er ook van af.

'Vertrouw op de Heer,' zegt Hattie en kijkt Geeske aan. Dan draait ze zich om en loopt met de twee emmers weg.

Geeske heeft haar handen in de zak van haar schort

gestopt. Ze pakt het nonnetje tevoorschijn. Het is lichtgeel, met vijf groeiringen, de ene iets donkerder dan de andere. Vijf jaar, denkt Geeske, vijf jaar geleden was Trijntje nog niet getrouwd, was Geesje nog niet geboren en lag Johannes elke avond bij mij in de bedstee. Ze kijkt op en ziet hoe Geesje op de onderkanten van haar klompjes probeert te staan. De klompjes zakken weg in de branding, Geesje wankelt en valt op haar knietjes.

'Heb je Jochem vandaag nog gezien?'

'Vanochtend.'

'Wat zei hij?'

'Wat zei hij? Niets. Hij vroeg naar Johannes.'

Fenne knikt. Reitse is klaar met drinken en ze legt hem over haar schouder. Ze klopt hem op zijn rug. Reitse boert als een volwassen man en kijkt dan heel tevreden. Ze moeten om hem lachen.

'Mina heeft hem met een van de dochters van Harmke gezien.'

'Hoe gezien?'

'Nee, nee, gewoon aan het praten.'

'Welke dochter?'

'De een na oudste.'

'Ietske. Het kon slechter.'

Ze giechelen als jonge meisjes. Fenne legt Reitse in haar omslagdoek, ondersteunt hem met een hand en staat op. Hij heeft zijn oogjes alweer dichtgedaan en zijn kinnetje zakt op zijn borst. Ze pakt haar emmer op. Geeske speelt met het nonnetje in haar hand.

'Als je nog iets nodig hebt... Ik heb nog genoeg melk en boter.'

'Boter. Ik stuur Fennetje straks wel langs.'

Ze kust Geeske op haar wang, haar emmer botst tegen hun schenen.

'Ik denk aan je,' fluistert ze in Geeskes oor en ze loopt weg. Ze volgt Hatties voetstappen. Hun voeten zijn even groot. Geeske ziet haar gaan. Ze loopt langs Marrigje, de enige die nog aan het graven is. Marrigje mompelt iets. Haar emmer puilt uit met pieren. Geeske draait zich om en rent naar Geesje toe. Ze voelt de wind in haar haren, de zilte lucht prikt haar wangen. De wulpen om haar heen schrikken en stuiven weg. Geesje kirt van plezier en begint ook te rennen, naar de duinen toe. Geeske achtervolgt haar en wanneer ze bij haar is, pakt ze haar van achter beet en zwaait haar door de lucht. Dan laat ze zich samen met Geesje in het zand vallen. Op hun rug kijken ze naar het nonnetje dat Geeske heeft gevonden. Ineens valt er een schaduw over hen heen en staat Marrigje aan hun voeten.

'Hij heeft gisteren Aaltje gezien, Goffe.'

'Wat?'

'Goffe. Johannes' boot.'

'Weet hij het zeker?'

''t Was al donker. Voer de andere kant op.'

'Naar de overkant.'

'Ik zeg het je maar.'

'Ja.'

Aaltje. Johannes' bootje. Donkergroen, met grote witte letters. Drie hele dagen en drie nachten sinds ze het bootje zag. Sinds Johannes is weggegaan. En nu denkt Goffe dat hij hem heeft gezien. Maar het was laat, het was donker, een vergissing is gemakkelijk gemaakt. Geeske gaat zitten. Haar kapje is verschoven en ze trekt het recht. Marrigje drentelt.

'God zij met je, Geeske.'

'En met jou.'

Marrigje stapt moeizaam door het duinzand. Dan gaat ze naar het gedeelte waar de zee al overheen is geweest zodat ze harder door kan lopen. Ze moet nog een heel eind. Naar de andere kant van het eiland, de verre baai, voorbij de Noordhoorn. Geeske ziet hoe ze steeds kleiner wordt.

'Kom,' zegt ze en ze gaat staan. Ze trekt Geesje overeind en samen rennen ze naar hun klompen. Geeskes klompen liggen maar een eindje van hen vandaan, die van Geesje zijn in de branding weggezakt. Een hak en een punt steken nog boven het water uit. Geeske stapt in haar eigen klompen en vist Geesjes klompen uit het water. Ze spoelt ze af in de zee. Dan geeft ze er een aan Geesje. De andere houdt ze zelf.

'Kijk, ik heb er al een.' Ze strijkt de zandkorrels van een schelpje af, legt de groeiringen, in schakeringen geel, bloot. Dan laat ze het nonnetje in de klomp verdwijnen.

'Die,' roept Geesje. Een roze schelpje ligt half verscholen in het zand. Geesje raapt het op en doet het in haar klompje. Ze lopen het strand af, grootmoeder en kleindochter, en vullen hun klomp met nonnetjes. Met schelpjes die de kleur hebben van Geeskes haar toen Johannes haar ontmoette en met schelpjes die de kleur hebben van Geesjes teentjes toen ze net was geboren.

ROERLOOS

Je hebt haar vastgehouden. Je hebt haar in je armen
gewiegd. Je hebt haar kleine handjes in de jouwe genomen en je hebt gedacht: alles zit eraan. Tien piep-
kleine vingertjes, korter dan de kootjes van je pink,
en tien kleine teentjes, samengebald. Haartjes, met
bloed aan haar schedel geplakt. Kleine lippen, die
zich openen en sluiten. Als een vis op het droge,
denkt hij nu, maar zo stil, zo stil. Niets beweegt,
alleen die mond, zonder geluid. Geen huiltje, geen
schreeuw. Geen spartelende ledematen. Je hebt haar
tegen je aan gedrukt, zo dicht mogelijk tegen je aan.
Alsof je met het kloppen van je hart het hare aan had
kunnen steken. En ineens hield het happen op. Het
mondje bleef openhangen, de tong lag plat achter
het roze tandvlees. Ze doet het niet. Ze doet het niet
meer. En dan sta je daar met een dood kind in je armen en je wilt je oprichten naar je vrouw, je weet dat
je iets moet zeggen, maar je wilt het haar niet vertellen, dus blijf je eerst maar naar dat kindje kijken en
denkt: ze is niet gestorven zonder te zijn vastgehouden. In je hoofd vorm je de woorden. Het kan gebeuren, het gebeurt heel vaak, het is niet jouw schuld.
Ik zal een prachtig kistje voor haar maken, we zullen
haar niet vergeten. We zullen nog veel meer kinderen
krijgen. Sterke, gezonde kinderen.
'Het ligt in Gods handen,' zeg je, maar je weet niet

89

waarom het nu ineens in Gods handen zou moeten liggen als jij degene bent die haar zo stevig vasthoudt.

Johannes zit op zijn hurken en steunt met zijn elle-bogen op zijn dijbenen. De zon brandt op zijn gezicht. Er is nauwelijks schaduw te vinden op het kerkhof. De berken die aan de rand van de begraafplaats staan werpen zulke smalle schaduwen op de grond dat niemand er verkoeling onder kan vinden. Johannes voelt hoe kleine zweetdruppels van zijn slapen naar beneden glijden, in zijn baard. Hij strijkt de haren glad met zijn hand, veegt dan zijn hand af aan zijn broek en staat op. Hij kijkt over de grafzerken heen de verte in. De tarwevelden vangen het licht, lijken te stralen in de zon. Hij onderscheidt tussen de goud-gele stengels de rode bloemen van de klaproos. Hij herinnert zich hoe Geeske ze wilde plukken toen hij haar mee naar zijn dorp had genomen. Die ene keer dat zij op het vasteland is geweest, gezien heeft waar hij is geboren en uit wie hij geboren is.

'Je moet ze laten staan. Klaprozen verwelken zodra je ze plukt. Ze zijn er alleen om gezien te worden.'

Geeske keek ernaar, naar de waaier van rode kroonbladeren en naar het zwarte hart. De tere, bij-na doorschijnende blaadjes, die meebuigen met de wind.

Die zie je niet, denkt Johannes, die zie je niet op het eiland. Hij zou moeten gaan, maar blijft staan, kan zich niet losmaken van de grond. Er is zoveel dat hij zich herinnert van Geeske. Toen ze jong was. Toen hij haar ontmoette. Hoe ze met gesloten lippen naar hem glimlachte zonder hem aan te kijken, haar ogen op haar klompen gericht, haar handen op haar rug. Hij stopt zijn handen diep in zijn zakken en keert zich weer naar het graf. Hij leest de woorden hardop voor.

'Hier rust mijn innig geliefde vrouw Aleid Sybrich Mulder en ons lieve dochtertje Aaltje.'

Het is al lang geleden. Hij weet niet hoelang hij met haar in zijn armen heeft gestaan. Hij weet niet hoelang zijn dochtertje heeft geleefd. Hij weet alleen dat hij zei dat het in Gods handen lag en dat hij zich omdraaide en zijn schoonzus met gebogen hoofd naast het bed zag zitten, haar handen om de witte hand van Aleid gevouwen, wier hoofd op een vreemde manier van haar af lag gedraaid. Beide vrouwen zo stil. Totdat zijn schoonzus naar hem opkeek. Haar ogen, die anders altijd wat uitpuilden, lagen nu diep in de oogkassen en haar trillende lippen kon ze niet in bedwang houden. Even dacht hij nog dat zij om het kindje treurde, om haar kleine nichtje dat ze nu nooit zou leren kennen, maar toen besefte hij dat terwijl hij het wichtje in zijn armen hield, zijn vrouw hem was ontglipt.

Hij vindt het moeilijk zich haar voor te stellen zoals ze was. Een jonge vrouw, een paar jaar ouder dan Trijntje nu, maar hij kan zich haar niet voor de geest halen. Hij kan al haar kenmerken opnoemen, de blauwe ogen, de blonde haren, de ronde neus, de vreemde dikke duimpjes, maar hij kan ze niet langer tot een geheel smeden. Hij stelt zich haar voor als een oudere vrouw, alsof ze al die jaren aan zijn zijde heeft gestaan, terwijl het slechts twee zomers waren. Maar hij kende haar al heel zijn leven. Uit zijn moeders dorp. De dochter van de bakker. Zijn vader bracht haar vader meel en daarna bracht zijn oudste broer het meel, totdat hij zelf het meel begon te brengen. Vaker dan nodig was. Hij besefte dat hij haar elke dag wel wilde zien en vertelde het zijn vader.

'Het werd ook tijd,' bromde die en duwde de wieken van de molen in de vreugdestand.

Zijn moeder deed zingend haar werk en moest aldoor haar ogen deppen wanneer ze hem zag. Hij herinnert zich de vlaggetjes op de molen, de poort die de dorpelingen maakten met hun armen omhoog en de vingertoppen tegen elkaar en waar zij doorheen liepen. Haar hand stevig in de zijne vastgeklemd.

Hij bleef zijn vader helpen. Ze trokken bij zijn ouders in. Niemand keek ervan op dat Aleid in de winter in verwachting bleek te zijn en behalve dat haar buik groeide, leek er niets te zijn veranderd. Na een bruiloft kwamen er kinderen. Hij had er niet bij stilgestaan. Zijn vrouw hielp zijn moeder in het huishouden en bereidde zich voor op de komst van hun kind. Er werd gebreid en gehaakt en genaaid en gestreken. Vrouwendingen. Hij kwam wel eens binnen als ze daar zaten met zijn tweeën, pratend over het kind op komst of over de dorpelingen. Niemand maakte zich zorgen. Niemand wist dat hij een jaar later voor het eerst de zee zou zien.

Ik kende haar heel haar leven, denkt hij, en toch ken ik Geeske langer. Veel langer.

De kerkklokken beginnen te luiden en hij telt de slagen. Het is negen uur 's ochtends. Het voelt of het later is omdat de zon al zoveel warmte afgeeft en omdat hij al uren op is. Hij heeft weinig geslapen de afgelopen nachten. Zijn bootje is zijn drijvend bed. 's Nachts ligt hij op zijn rug, zachtjes deinend op de golven, en kijkt naar de sterren. Het geluid van de kerkklokken galmt nog na. Hij hoort ze vaak vanuit de verte. Het geluid draagt ver over de vlakte. Zo weten de omringende dorpen hoe laat het is. En of er een bruiloft is. Of een begrafenis.

Hij herinnert zich het gesprek met de koster.

'Het lijkje kunt u daar begraven, bij de andere doodgeborenen.'

'Ze is niet dood geboren. Ze heeft geleefd.'

'Daar liggen de zuigelingen die God weer tot zich heeft genomen.'

'Maar zij niet. Aaltje komt daar niet te liggen. Wilt u haar nadat ze van het leven is beroofd ook nog haar moeder ontnemen? Wilt u de moeder zonder haar kind begraven, alsof ze kinderloos gebleven is?'

'Ze zijn nu samen bij God.'

'Ja, en God heeft ons gezegend met een kind. Ze gaan samen het graf in.'

Zijn vader zette de wieken van de molen in de rouwstand. Johannes drapeerde er zwarte doeken overheen. Zijn vader liet hem begaan en wachtte. Maar hij moest weer aan het werk. Kon de molen niet langer stilzetten.

'Zoon, de rouwlakens moeten worden afgehaald. Wil je het zelf doen?'

Johannes schudde zijn hoofd. Hij wachtte tot zijn vader de doeken had weggehaald en zijn moeder ze had opgeborgen. Hij ging ook weer aan het werk. Soms ging hij naar het kerkhof en staarde naar de grafzerk, maar het bracht zijn vrouw en dochtertje niet dichterbij. 's Zondags na de kerkdienst ging zijn moeder langs het graf en trok hem mee. Samen stonden ze daar.

'Het was een zoet wichie. Een zoet wichie.'

Zijn moeder probeerde zijn hand te pakken, maar hij bleef staan waar hij stond, met zijn handen in zijn zakken. Totdat hij op een dag besloot naar huis te gaan zonder het graf te bezoeken. Er was geen laatste keer, geen afscheid. Hij hield gewoon op te gaan.

Steeds minder kwam hij buiten. Hij deed de rondes, bracht het meel rond, keek in het droevige gezicht van zijn schoonvader. Hij knikte de dorpelingen toe die hem een troostend woord boden en zweeg. En na een tijdje beantwoordden de dorpelingen zijn zwijgen met hun eigen stilte. Toen de zondag aanbrak dacht hij: de zevende dag is een rustdag, en bleef in bed liggen. Zijn moeder probeerde hem met bemoedigende woorden uit bed te krijgen, maar hij verroerde zich niet. Zijn vader trok haar uit zijn kamer.

'Ach, moe, laat hem toch!'

'Maar het wordt steeds erger!'

'Het komt wel, het komt wel.'

En ze lieten hem alleen achter.

De volgende morgen stond hij op en ging aan het werk. Hij werkte zes dagen en de zevende dag bracht hij door in bed. Maandagochtend stond hij op en begon weer van voren af aan. Hij werd gek van zichzelf. Iedereen die hij tegenkwam had Aleid gekend en deed hem aan haar denken. Als de mensen hem een troostend woord boden, dacht hij: waarom houden ze er niet over op? En wanneer ze uit respect zwegen, dacht hij: waarom noemt niemand haar naam? Zijn ze haar nu al vergeten? Het dorp werd hem te klein, waardoor hij zich steeds verder terugtrok en in een steeds kleinere ruimte gedrongen werd. De winter zette in en het aantal uren licht per dag werd steeds minder. De temperatuur daalde. Hij begon te wennen aan het donker en de kou. Ik moet weg, dacht hij, ik moet weg.

's Avonds at hij de maaltijd die zijn moeder hem voorzette. De gesprekken die zijn ouders voerden, de discussies tussen zijn broer en vader en de bezorgde vragen van zijn moeder gingen langs hem heen. Na het eten wilde hij opstaan en zich terugtrekken in zijn kamer, maar zijn moeder trok hem aan zijn mouw.

'Blijf nog even. Vader leest voor.'

Zijn vader pakte de bijbel en sloeg die open waar het leeslint lag. Hij begon te lezen. Zijn moeder liet haar hand op Johannes' bovenarm rusten.

'Ende hy sach twee schepen aen den oever van 't meyr liggende, ende de visschers waren daer uyt-gegaen, ende spoelden de netten.'

Zijn moeder luisterde aandachtig, wierp zijn broer een strenge blik toe toen die gaapte. Zijn vader las onverstoorbaar door. 'Want verbaestheyt hadde hem bevangen, ende alle die met hem waren, over den vanck der visschen, die sy gevangen hadden. Ende desgelijcks oock Iacobum...' Zijn vader keek even over zijn boek heen naar Johannes en vervolgde: '...ende Ioan-

95

nem de sonen Zebedei, die Simonis mede-genooten waren.'

Johannes wachtte tot zijn vader klaar was en de bijbel weer had dichtgeslagen.

'Vader,' vroeg hij, 'heeft u wel eens de zee gezien?'

Zijn vader schudde zijn hoofd. Johannes dacht: hij heeft de zee nog nooit gezien. Ík heb de zee nog nooit gezien. Hoe weten we dan zeker dat die bestaat? Omdat het in de Bijbel staat?

'Ik ga naar zee,' zei hij.

Zijn vader bleef zonder blikken of blozen zitten.

'Ga je vissen vangen, zoon?'

Zijn broer lachte. Zijn moeder zei geschrokken: 'Maar dat is twee dagen lopen!'

'Als die jongen nou een keer de zee wil zien...'

'De veenplassen zijn dichterbij,' zei zijn broer. 'En met al die regen die we hebben gehad...'

'Nee,' zei Johannes. 'Ik ga naar zee.'

En wanneer hij aan de kust staat en de onmetelijke zee voor zich ziet uitgestrekt, denkt hij nog maar één ding: ik wil erop. Ik wil voelen hoe het is om met een klein bootje het water te bevaren, om meegevoerd te worden wanneer de zee meegaand is en om te strijden tegen de golven en de wind wanneer er een storm opsteekt. Zijn moeder bedwingt haar tranen en doet een schietgebedje.

'Laat hem heelhuids thuiskomen, o Heer!'

Zijn broer haalt zijn schouders op. Zijn vader zegt: 'Het zal tenminste even zijn gedachten verzetten.'

Daar staan ze hem uit te zwaaien. Zijn vader met een arm om zijn vrouw geslagen, een brede glimlach en een zwiepend gebaar van zijn andere arm. Zijn broer staat achter zijn moeder en zwaait met zijn vader mee, hun armen als de wieken van de molen waar ze vóór staan. Zijn moeder zwaait alleen met haar hand, het zakdoekje waarop haar initialen staan geborduurd in haar knuist gekneld.

Johannes haalt zijn handen uit zijn zakken en strijkt over de top van de grafzerk. Zand en stof plakken aan zijn palm. Maar hij voelt het niet. De binnenkanten van zijn handen zijn bedekt met een laag eelt. Hij kijkt naar de littekens die de mouwvreters op zijn polsen hebben achtergelaten, de wondjes veroorzaakt door schurende mouwen en zout water. Hij kan Aleids gezicht niet meer in zijn gedachten oproepen, maar hij weet nog wel hoe ze onder zijn handen voelde. Het koele holletje van haar onderrug, zo zacht tegen de muis van zijn hand, zijn vingertoppen lui op de ronding van haar billen, verzonken in haar huid. Langzaam is de tastzin uit zijn handen verdwenen. Eerst uit de palmen, daarna uit de kootjes. Met zijn vingertoppen ontdekte hij het lichaam van Geeske, de holte tussen haar sleutelbeenderen, haar verstopte navel, de ronding aan de binnenkant van haar dij, waar die overgaat in haar lies. Totdat alle gevoel ook uit de toppen verdween. Nu voelt hij met zijn wang, strijkt die langs haar gezicht, legt die op haar borst. Zijn baard laat een afdruk na in haar huid.

Johannes veegt de top van de grafzerk schoon en veegt zijn handen af aan zijn broek.
'Mijn vrouw,' mompelt hij. 'Mijn innig geliefde vrouw.'

Dan draait hij zich om, met zijn rug naar het noorden, en begint te lopen in de richting van de tarwevelden.

Geeske draagt de klompen met schelpjes en loopt achter Geesje aan. Haar lege emmer hangt aan haar elleboog. Geesje probeert de duin op te klimmen, maar zakt tot haar knietjes weg in het zand. Ze pakt met twee handjes Geeskes schort vast en laat zich meetrekken naar boven. Geeske probeert haar evenwicht te behouden, zonder haar handen op de grond te zetten, zonder een schelpje te verliezen. Boven op de zeereep staat ze weer stevig op haar voeten. Haar huisje staat vóór haar en Geeske denkt: niet omkijken, niet omkijken! Ze kijkt om. De zee ligt voor haar uitgestrekt in verschillende kleuren grijs en blauw. Visdieven cirkelen boven het water, op zoek naar de glinstering van een vis of een donkere schaduw in de diepte. Ze knijpt haar ogen tot spleetjes en staart in de verte. Er is niets te zien. De overkant is vanaf hier onzichtbaar, te ver weg om waar te nemen. Maar ze weet welke richting ze uit moet kijken. Ze weet waar het ligt.

Geesje is vooruitgelopen en staat voor het huis. Ze heeft de deur opengeduwd, maar wacht op haar grootmoeder om naar binnen te gaan. Geeske zet haar emmer en de klompen met schelpjes neer en begint Geesjes kleren uit te trekken. Geesje steekt haar armen in de lucht en doet haar kin omhoog. In haar blote billen kruipt ze naar binnen toe, naar de

99

kleine bedstee. Geeske doet de kleertjes en de luier in de emmer en trekt haar klompen uit. Ze laat ze bij de voordeur staan, dicht tegen elkaar aan geduwd. De klompjes met schelpjes en de emmer neemt ze mee. De geur van vissoep komt haar tegemoet en verdrijft de scherpe urinelucht van de luier. Ze blijft even staan en snuift hem op. Geesje doet haar na, met haar neus in de lucht en haar handjes in haar zij, haar dikke buikje naar voren gestoken. Geeske duwt haar zachtjes naar binnen. Uit de kast onder de kleine bedstee pakt ze schone kleren voor Geesje. Kleertjes die nog van Trijntje zijn geweest en die door haar nichtjes zijn gedragen. Door de tweeling van Mina. Ze doet Geesje een schone luier om, speldt de katoenen doek stevig vast, en kleedt haar aan. Geesje gaat op de grond zitten en kiept alle schelpjes uit de klompjes. Geeske laat haar zitten en gaat naar buiten toe.

De pomp beweegt soepel, bijna geluidloos. Het water stroomt in een sterke straal naar buiten, vult de emmer in een aantal slagen. Geeske speurt om zich heen, op zoek naar een spikkeltje rood in het loof. Hij is weg, denkt ze wanneer de noordse stern nergens te bekennen is. Ze neemt de emmer mee en laat hem bij de achterdeur staan zodat de luier van Geesje kan weken. De kippen komen er vol hoop op af, maar draaien zich snel om als ze merken dat er slechts water in zit.

Binnen zit Geesje heel geconcentreerd de nonnetjes te sorteren. Ze doet de gele schelpjes in haar linkerklomp en de roze in haar rechterklomp. Ze hoort niet dat haar grootmoeder binnenkomt en aan tafel gaat zitten. Geeskes oog valt op de stoel tegenover haar. Johannes' trui ligt over de leuning heen. De rode vezeltjes van de nassaus blauwe sajet lichten op in de zonnestralen, die door het raam naar binnen vallen. Het is de laatste trui die zijn moeder voor hem heeft gebreid, met de motieven van zijn dorp, motieven waarvan Geeske niet weet hoe je ze breien moet. Johannes heeft haar uitgelegd wat ze voorstellen.

'Kijk, hier, deze lange, draaiende stengels zijn de tarwehalmen die meedeinen met de wind en daaronder liggen de graankorrels die uit de aren gevallen zijn. En hier, tussen het graan, bloeien de korenbloemen. Boven het graan draaien de wieken van de molen.'

Geeske heeft ze gezien, de graanvelden en de molens, de bloemen tussen het koren, en de tranen van Johannes' moeder toen haar zoon vol trots zijn nieuwe jonge bruid aan haar voorstelde. Johannes droeg zijn huwelijkstrui, de trui waar Geeske zo hard aan had gewerkt, maar die ze niet op tijd had afgekregen zodat ze de huwelijksdatum hadden moeten verzetten. Ze herinnert zich hoe ze op de duinen stonden, Johannes achter haar met zijn neus in haar nek.

'Maak die trui toch later af en trouw nu met mij, Geeske.'

Maar Geeske had geweigerd. Ze was een vissersdochter en ze wilde als een vissersdochter trouwen. Wekenlang breide ze aan de trui. Ze begon zodra de eerste stralen van de zon door de kieren van haar ouderlijk huis binnenkropen en tussen alle taken door probeerde ze nog een aantal pennen te doen en 's avonds bij kaarslicht breide ze de laatste steken van de dag. Ze breide de golven, de visgraten en het godsoog, het oog dat alles waarneemt wat wij niet kunnen waarnemen. Het oog dat weet wanneer de storm toe zal slaan, waar de vis gevangen moet worden en wie er naar huis zal terugkeren en wie niet. En in de rechtermouw verwerkte zij een J en een G, op zo een manier dat het wel één letter leek. Ze had aan Johannes gevraagd hoe hun initialen eruitzagen en hij had ze groot en duidelijk voor haar opgetekend. Ze wist toen nog niet wat ze nu weet, dat de J niet alleen voor Johannes is, maar ook voor Jochem en voor Jorrit en dat de G voor Geeske is en voor God, al durft ze dat niet hardop te zeggen, alsof ze door het noemen van de overeenkomst in klank de Heer onrecht aandoet. De G is voor Geesje, die een spoor van gele nonnetjes van de voordeur naar de achterdeur heeft gelegd. Sommige zijn korengeel en sommige zijn bijna wit, de kleur van haar haar, het haar dat ze met de wol van de trui verweefde om de sajet te versterken en zodat hun voorletters op zouden lichten, blikken zouden vangen.

Geesje legt een spoor van roze nonnetjes van de grote bedstee naar de kleine. Ze legt ze zorgvuldig neer. Bij de tafel aangekomen stapt ze voorzichtig over haar gele spoor heen en gaat dan verder. Ze maakt een kruis van schelpjes. Geeske schuift haar stoel een klein beetje naar achteren, zorgt ervoor dat ze Geesjes spoor niet verbreekt en stapt er met een grote pas overheen. Uit de kleine bedstee haalt ze haar breiwerk. Sokjes voor het kindje van Trijntje, voor haar kleinkind op komst. Ze houdt het witte katoen

tussen haar duim en wijsvinger en telt de pennen.
Geesje komt kijken wat ze aan het doen is. Geeske
tilt haar in de kleine bedstee en laat haar de kleertjes zien die al maanden klaarliggen. Witte mutsjes
en sokjes van katoen, hemdjes en truitjes van fijne
schapenwol, dekentjes van nassaus blauw.

'Aandoen,' zegt Geesje en probeert een sokje aan
te trekken. Ze krijgt hem over haar grote teen, maar
niet verder. Het mutsje blijft niet op haar hoofd zitten, kruipt omhoog en valt in haar schoot.

'Gevallen,' zegt Geesje.

'Te klein,' zegt Geeske, pakt de kleertjes en vouwt
ze weer netjes op. Ze zet Geesje op de stoel tegenover haar en ziet hoe ze zich in de trui van Johannes
graaft, zijn lange mouwen over haar borst geslagen.
Geesje kijkt hoe haar grootmoeder breit, luistert
naar het klikklik van de pennen.

'Auw, pijn!'

Geesje gluurt vanachter Johannes' trui naar Geeske.

'Ja, pas op. Voorzichtig met je oogjes!'

Geesje knikt en beweegt haar wijsvingertjes als
breipennen. Geeske legt even haar werk stil en pakt
een bol wol. Ze geeft die aan Geesje en kijkt hoe ze de
draad om haar druk bewegende vingers draait. De G
van Geesje. Ze heeft haar ogen op het meisje gericht,
maar ze ziet haar niet meer. Johannes is weer vóór
haar verschenen. Hij heeft haar huwelijkstrui aan,
de trui die nu oud en vaal geworden is, met pluizige
stukken en delen die haast tot vilt zijn verworden.
De golven en de visgraten zijn nauwelijks meer te
onderscheiden en de trui lijkt kleiner te zijn gewor-

den, omdat Johannes nu dikker is. En ouder. Zo veel ouder dan de eerste keer dat ze hem zag, dan de eerste keer dat ze over hem hoorde. De vissers spraken over hem met een mengeling van vermaak en achterdocht en de meisjes op het eiland smoesden met elkaar tijdens het graven naar pieren, tijdens het speten van de haringen, in de rij bij de waterpomp. De visser van de overkant. Ze verkneukelden zich, noemden hem de molenaarszoon met zeebenen, de landrot die naar vis stinkt. En Johannes liet ze begaan.

Geeske had nog nooit iemand van de overkant gezien, behalve Hilger, die met zijn bootje de post kwam brengen, en Jakob de Oude, de vuurtorenwachter. Maar die woonde al op het eiland voordat Geeske was geboren en woonde er nu nog steeds. Ooit was hij een vreemdeling geweest en ook nu nog was hij een buitenstaander. Hij woonde niet bij hen in het dorp, maar torende boven hen uit. Hij was geen visser. Maar zijn kinderen waren eilanders. Zijn dochters werden vissersvrouwen, zijn zoon volgde hem op als vuurtorenwachter. Zijn kleinzoon jutte het strand.

Geeske houdt de pen met het sokje een eindje van zich vandaan en bekijkt het resultaat. Het witte katoen voelt zacht en stevig in haar handen. Ze herinnert zich de dag dat Johannes thuiskwam met een reusachtig pakket. Hoe hij het op zijn schouders tilde en er de duinen mee op liep. Hoe de andere vissers uit zijn buurt bleven, zwegen. Geeske stond hem boven op te wachten. Trijntje zittend in het zand, zwaaiend naar haar vader. Een klein meisje, met witblonde vlechtjes.

'Wat heb je daar?'

'Katoen.'

Geeske veegde haar handen af aan haar schort. Johannes' zeil was niet zo lang geleden vervangen. Een nieuw doek had hij niet nodig. En verder gebruikten zij nergens anders katoen voor. Niemand gebruikte katoen ergens anders voor. Johannes legde het pakket op tafel, pakte zijn mes en sneed het voorzichtig open. Het papier sprong opzij en de bollen katoen rolden naar buiten en van de tafel af. Trijntje holde erachteraan om ze op te vangen.

'In bollen?'

Geeske pakte er eentje op, nam de draad tussen haar vingers. Die was dun en stevig, hard zelfs. Ze keek Johannes aan.

'Voor onze netten.'

'Katoen?'

Geeske schudde haar hoofd. Zo iets kostbaars als katoen om netten te breien. Bovendien kon het nooit sterk genoeg zijn om de vis binnen te houden, niet duurzaam genoeg om het water van de zee, om het zout te verdragen.

'Iedereen op het vasteland gebruikt het al. Het is veel handzamer dan hennep en je krijgt een talrijker vangst.'

Het was waar. Johannes ving meer vis dan ooit tevoren, meer vis dan zij met zijn tweetjes verwerken konden. Soms kwam een van haar zussen haar helpen om de vis te kaken en te zouten, om de haring te speten. En aan het einde van de dag gaf Geeske haar dan gerookte of gedroogde vis mee of groente uit haar moestuin of zachte schapenwol die over was. Er was

altijd meer dan dat haar kleine gezinnetje verbrui-
ken kon. En als Johannes een nieuw zeil nodig had,
kocht hij altijd te veel doek, alsof hij zich vergiste, en
bracht het katoen dat hij overhad naar zijn zwagers.
Dik, zwaar katoen, dat alleen werd gebruikt om zeilen van te naaien.

Later kwamen de kinderen van haar zussen hen
helpen en stopte Johannes hun centen toe. Centen
die ze angstig verborgen hielden voor hun ouders en
voor elkaar. Net als de centen die soms in de bollen
sajet verstopt zaten toen Geeske een meisje was. Zij
en haar zusjes breiden dan zo snel als ze konden de
kousen af om te kijken wie er dit keer de gelukkige
was en de bol met de cent erin had weten te bemach-
tigen. Maar de keren dat er geen enkele cent in de
bollen zat verstopt kwamen steeds vaker voor, totdat ze helemaal nooit meer een centje vonden en de
hoop opgaven.

En nu breit Geeske geen kousen van sajet, maar
fijne sokjes van katoen. Er zijn nog steeds niet veel
eilanders die in katoen lopen, al gebruikt niemand
meer netten van hennep. Ze doen alsof ze nooit anders hebben gedaan. En 's avonds staan de vrouwen
in de deuropening of op het strand de katoenen netten te breien, uitkijkend over het water, wachtend
op hun zoon, hun vader of hun broer. Of hun man.
Geeske kijkt naar haar kleindochter. Het zal niet
lang meer duren voordat ze steken kan gaan opzetten voor Geesje en haar kan leren breien. Insteken,
omslaan, doorhalen en af laten gaan. Dan zal Geesje
in de deuropening staan, speurend naar de boot van
haar vader, van haar grootvader misschien, en altijd

een centje in haar bol wol vinden, net als dat Trijntje er ook altijd eentje vond.

Geesje is van haar stoel gegleden, en met haar de trui van Johannes, die nu half op de grond ligt. Ze is achter haar bol wol aangerend, die gevallen is en die zich nu richting de voordeur ontrolt. Hij botst tegen de drempel en blijft stilliggen. Ze pakt hem op en probeert de draad weer op te rollen, maar ze laat de bol vallen en de draad ligt nu in een wirwar om haar polsen en voeten. Ze blijft heel stil staan.

'Opoe...'

Geeske legt haar sokje neer en gaat naar haar toe. Ze zoekt naar het begin van de draad en ontrafelt langzaam de knoop. Ze draait de draad om Geesje heen, tussen haar benen door en achter haar hoofd langs, totdat Geesje uit de kluwen is bevrijd, hard zucht en haar grootmoeder een kus geeft. Geeske bergt de wol en haar breiwerk weer in de kleine bedstee op en sluit de deurtjes. Ze bukt om Johannes' trui van de grond te rapen. Ze denkt aan de eerste trui die ze voor hem heeft gebreid, de trui die hij aanhad op de morgen dat ze hem voor het laatst zag. Ze ziet hem voor zich in zijn witte hemd en blauwe kousen, zijn haar een grote warboel na een rusteloze nacht. Hij staat voor de bedstee met zijn handen op de rand en kijkt naar zijn trui, die aan het voeteneinde ligt. Dan, heel langzaam, volgt hij met zijn wijsvinger de initialen op de mouw. De grote ronding van de G, die overgaat in de kleine ronding van de J. Zijn vinger komt tot stilstand en blijft op de letter rusten. Geeske ligt in de bedstee en zoekt zijn blik, maar hij kijkt niet op. Hij pakt de trui van het bed en trekt hem aan, hijst zich dan in zijn broek. Hij neemt zijn pet van de haak bij de voordeur en stapt naar buiten. Geeske haast zich uit de bedstee, haar benen in het beddengoed verstrikt. Ze strompelt naar de voordeur, laat een spoor van lakens achter.

'Johannes! Wil je niets eten?'

Hij kijkt naar haar met één laars aan en de andere over zijn enkel geschoven. Hij leunt met een hand tegen de deurpost, in de andere hand houdt hij de hiel van zijn laars.

'Nee. Ik wil niets eten.'

En hij trekt zijn laars aan en gaat rechtop staan.

Geeske schudt haar hoofd, alsof ze daarmee deze herinnering van zich af kan schudden. Ze slaat het stof en het zand van de trui en vouwt hem op, eerst de ene mouw over de andere mouw, en dan de hals naar de zoom, alsof ze de bijbel dichtslaat en de letters onzichtbaar zijn geworden. Ze staat ermee in haar handen. Dan loopt ze naar de grote bedstee en opent het kastje eronder. Ze neemt de lakens en de kussens in zich op, en gaat dan langzaam weer rechtop staan. Ze sluit de deurtjes van het kastje en legt Johannes' trui netjes op een stoel.

DE KWEEPERENBOOM

Geeske kijkt naar de schelpjes die verspreid liggen op haar vloer, sommige nog heel en andere in kleine scherfjes, versplinterd. Een donkergeel nonnetje springt in het oog. Geeske bukt zich, maar grijpt halverwege de handeling naar haar rug. Half voorovergebogen blijft ze staan. Ze trekt haar neus op en knijpt haar ogen dicht, wacht tot de pijnscheut vervaagt. Dan trekt ze zichzelf weer recht. Geesje kijkt naar haar op, volgt dan haar blik.

'Die?'

Geeske knikt en neemt het schelpje van haar aan. Ze telt de groeiringen, haar lippen bewegen mee met haar gedachten. 1, 2, 3, 4, 5, 6, 7.

'Zeven. Dat is heel oud. Een bejaard nonnetje.'

Ze denkt aan Sara, wier schoot zo lang vruchteloos blijft, maar die toch nog een kindje baart als ze al zo oud is dat ze overgrootmoeder had kunnen zijn. En terwijl Abraham zijn blik naar buiten richt en naar de hemel kijkt, staart Sara naar zichzelf en telt de rimpels van haar lichaam, de lijntjes in haar gezicht. Zij is negentig als de Heer aan Abraham verkondigt dat ze een zoon zal baren. Abraham kijkt naar zijn verschrompelde vrouw, haar lege borsten, haar knokige vingers, en hij schampert. Want hoe zal zij nog een kind kunnen baren? Maar de Heer zendt hem drie mannen en een van hen vertelt Abraham dat zijn vrouw een jaar later hun zoon in haar armen zal houden. Sara, die hoort wat hij zegt, lacht omdat ze weet dat zij geen vrucht kan dragen en als ze naar Abraham kijkt, vraagt ze zich af of hij nog wel in staat is een kind bij haar te verwekken. Haar lachen ontketent de toorn van de Heer en Sara schrikt. Ze denkt: maar hoe kon ik weten dat die drie mannen de stem van mijn Heer herbergden? Hij heeft zich niet tot mij gewend, maar stuurde een vreemde op mij af. Mijn man heeft mij niet verteld over zijn gesprek met de Heer. Misschien was dit mijn laatste kans! Sara heft haar ogen naar de hemel. Geef mij nog een kans! Ze staat in de opening van Abrahams tent en wacht tot hij zich omdraait. Maar hij laat haar zijn gezicht niet zien.

Geeske loopt met Geesje naar de vensterbank en legt het nonnetje neer. Het licht schijnt erop en de groeiringen vervagen in de zonnestralen. Geesje blijft bij het raam staan en staart naar buiten. Ze volgt de meeuwen in de lucht. Geeske pakt de bezem en veegt de schelpjes bij elkaar. 'Doe je klompjes aan,' zegt ze terwijl ze op de schelpjes stampt.

Geesje haalt haar klompjes en zet ze op de schelpjes neer. Geeske pakt haar handjes vast zodat ze erin kan stappen. Allebei beginnen ze te stampen, zonder elkaars handen los te laten. Steeds sneller, steeds harder kloppen hun klompen op de vloer, totdat er alleen nog gruis over is. Geeske veegt het op het blik en zet de bezem terug in de hoek van de kamer.

'Kom.'

Ze loopt naar de achterdeur en gaat naar buiten. Geesje dribbelt achter haar aan. Ze mengt het schelpengruis met regenwater in een bakje. Door ze kalk te geven, voorkomt ze dat de kippen windeieren leggen. De schalen worden er stevig van. De kippen komen met luid gekakel op haar afgestormd en botsen tegen haar rokken en tegen elkaar op. De haan wurmt zich tussen zijn hennen door naar voren en duwt ze opzij zodat hij zich als eerste te goed kan doen aan het papje in zijn waterbak. De kippen pikken naar het eten en als ze er niet bij kunnen, pikken ze naar elkaar. Binnen een paar minuten is het mengsel op. Langzaam valt het groepje weer uiteen en scharrelen de kippen verder. De haan schrijdt met opgeheven kop door de tuin en blijft af en toe stilstaan, met een ingetrokken klauw in de lucht.

Geesje rent voor haar uit, langs de pomp de kwelder in. Haar klompjes zakken weg in de vochtige aarde. Dan rust ze even uit. Geeske wijst naar de gele bloemen die een eindje verderop staan. De tormentil is bijna uitgebloeid, de laatste bloempjes deinen nog mee op de wind. Geesje rent ernaartoe en begint te plukken. Ze neemt de gele bloempjes in haar hand en trekt. De steeltjes blijven eenzaam over, onthoofd trillen ze nog even na. Geeske hurkt naast haar kleindochter neer en laat haar zien hoe ze de bloemen plukken moet, met de steel eraan, zodat ze een veldboeketje kunnen verzamelen, maar Geesje heeft niet genoeg kracht. De steel knakt en valt naar de grond. De bloemetjes in haar hand zijn fijngeknepen. Beduusd kijkt ze naar de vermorzelde blaadjes in haar hand. Dan laat ze ze op de grond vallen en veegt ze haar hand af aan Geeskes schort.

'Daar, ga de lamsoren maar plukken. Met de steel eraan.'

Geesje rent naar de bloemen toe, volgt met haar vingers de steel tot aan de grond en begint te trekken. De stengel komt met wortel en al uit de grond. Geeske breekt de steel van de wortel en vult haar boeketje met lamsoren aan. Hier en daar bloeit er melkkruid, de blaadjes van de bloemetjes wit en hun roze kelkjes naar de zon gericht. Het vocht uit de stelen is plakkerig, maakt dat haar vingers aan elkaar kleven. Ze voegt ze toe aan haar boeketje van tormentil en lamsoor. Geesje trekt aan Geeskes rok en houdt een lamsoor omhoog. Geeske gaat naast haar zitten en schuift haar kapje naar achteren. Geesje streelt met de bloemen haar oor. Geeske schudt met haar hoofd en danst met haar schouders op en neer alsof de aanraking haar te veel wordt.

'Geesje ook! Geesje ook!'

Geeske streelt met de bloempjes haar oor, van de schelp naar het lelletje.

'Dit is een lammetje met lammetjesoren.'

Ze begint Geesje te kietelen, eerst in haar nek, dan in haar oksels en haar zij, totdat Geesje het niet meer uithoudt en zich op de grond laat vallen. Ze kan nauwelijks nog ademhalen van het lachen en schopt met haar voetjes op de grond. Geeske pakt haar enkeltjes vast om haar zolen te kunnen kietelen.

'Hmmm, lekkere lamsboutjes,' zegt ze, en doet alsof ze het meisje op gaat eten. Ze begint bij haar teentjes, hapt in haar kuiten en haar dikke dijtjes. En als ze bij haar buik is aangekomen, blaast ze er hard op. Er biggelen tranen van het lachen over Geesjes bolle wangetjes. Geeske tilt haar op, een arm onder haar schouders en een arm in haar knieholtes, haar handen verstrengeld alsof ze bidt. Het hikken gaat langzaam over in een rustige ademhaling en Geeske staat op. Ze loopt verder het binnenland in, met haar kleindochter in haar armen, en de bloemen in haar handen.

Het wordt steeds warmer en hier in de kwelder waait de wind niet meer zo hard. Het lange kweldergras beweegt nauwelijks, het ruisen van de stengels is opgehouden en ook de zee is hier onhoorbaar. Alleen het gekwetter van de scholeksters en het gekrijs van de meeuwen doorbreken de stilte. Geesje wil op de grond worden gezet en samen waden ze door het kweldergras. Met hun handen banen ze zich een weg erdoorheen, het gras vertrappen ze onder hun voeten. Ze laten een paadje achter, een gangetje in het groen. In de verte doemt de kerktoren voor hen op. Geesje wendt zich naar haar grootmoeder.

'Koning in de kerk?'

Geeske staat stil. Onze hemelse Vader, denkt ze.

'Een, twee...' zegt Geesje.

Ze neemt het meisje in zich op. Een, twee, hoort ze alsof het van heel ver moet komen. Een, twee.

'Drie!' roept Geeske, en springt tot leven, grijpt Geesje vast en slingert haar in het rond. Ze tollen en tollen, steeds verder in de richting van de kerk, totdat ze zich van de duizeligheid op de grond laten vallen. Geeske ligt op haar rug uit te hijgen, haar ogen gesloten, haar armen uitgestrekt. Geesje is op haar gekropen en heeft haar armpjes onder haar hoofd gelegd als een kussentje, met een oor tegen Geeskes borst.

'Tadoem, tadoem, tadoem,' fluistert Geesje.

Geeskes hart klopt snel, moet nog tot rust komen na de vele wentelingen. Haar borst rijst en daalt op het ritme van haar hartslagen en Geesje beweegt mee, alsof ze op de golven van de zee dobbert.

'Tadoem, tadoem, tadoem.'

Geeske richt zich op, steunt met haar onderarmen op de grond en Geesje rolt van haar af. Ze kijken naar de wolken die voorbijdrijven. Een vogel vliegt hoog boven hen, te hoog om hem aan zijn donkere schaduw te herkennen. Geeske kijkt hem na. Ze staat op. Er is niet veel meer over van het boeketje in haar hand. De stelen van de lamsoor zijn geknakt en de bloemetjes van de tormentil hebben hun blaadjes verloren. Ze haalt de mooiste eruit en laat de beschadigde bloemen op de grond vallen, loopt dan rustig verder met Geesje achter zich aan, melkkruid, lamsoor en een enkele tormentil in de hand.

Het hek van het kerkhof staat open. Geesje rent vooruit. De grote kweeperenboom werpt zijn schaduw op de grafstenen. De bloesems zijn allang verdwenen, maar er zijn geen vruchten voor in de plaats gekomen. Elk jaar staat de boom in bloei, vult het kerkhof zich met zijn zoete geur, komt de grond bestrooid te liggen met roze bloesemblaadjes en sterven de bloempjes af. Het is te koud op het eiland. Niemand heeft ooit een kweepeer aan de boom zien hangen en niemand weet wie de boom hier heeft geplant.

Sommige grafstenen zijn met mos begroeid en andere zijn onleesbaar geworden omdat ze door wilde kamperfoelie zijn overwoekerd. Maar iedereen weet hier zijn weg te vinden. Geesje slingert zich tussen de grafstenen door totdat ze bij de juiste is aangekomen. Met haar vingertje volgt ze de namen die in het steen zijn uitgehakt. Geeske loopt langs het familiegraf van Jan, haar zwager, waarin Fennes kinderen begraven liggen. Ze komt bij Geesje zitten en legt de bloemen op het graf. Ze kan de namen op de zerk niet lezen, maar ze weet welke naam Geesje met haar wijsvinger volgt. Geeske kent de volgorde van de dood, weet wie de Heer wanneer tot zich heeft genomen. Ze kan alle namen noemen. Bovenaan staat een klein kruis, voor haar zusje dat dood werd geboren. Kruisje, Mina, Elsje, Nelis, Fenne, Hinrik. Haar moeder heeft ze allemaal zien sterven, haar dochters en haar kleinzoon. En haar vader heeft zijn vrouw zien sterven. Zijn naam is lichter dan die van de anderen, nog niet verkleurd door de regen en de wind.

Haar kleine, tanige vader. Als hij het een straf vond om zo veel dochters te hebben, heeft hij het nooit laten merken. Ze heeft hem zien huilen de dag dat Elsje stierf, geruisloze tranen over zijn stoppelige wangen. Ze herinnert zich zijn blik toen Jochem haar had gehaald om naar het sterfbed van haar moeder te komen. Ze stonden allemaal naast haar, de deurtjes van de bedstee wijd opengeslagen. Er lag een stapel kussens onder haar rug, waardoor ze meer zat dan lag. Ze had een wit slaapmutsje op om haar warm te houden. Haar vader hield haar moeders hand vast en hield zijn adem in. Haar ogen waren gesloten.

'Hinrik...' had haar moeder gefluisterd, voordat iedereen was opgetrommeld om haar bij te staan.

'Ja?' zei haar vader. Maar er kwam geen antwoord meer.

'Fenne?' fluisterde hij. 'Fenne?'

Toen Jochem binnenkwam met Geeske stond hij daar nog, met haar andere zussen aan zijn zij. Ze sloten zich bij hen aan en wachtten. Met een laatste zucht gleed haar moeder weg, zonder haar ogen nog te openen.

Geeske was naar haar vader toe gegaan. Hij keek haar aan. Ze zag de twee half vergane tanden die nog uit zijn tandvlees staken.

'Pa, ik kom voor u zorgen.'

'Maar dat is Mien haar taak...'

'Mien heeft het te druk met de tweeling en het andere grut.'

Ze weet wat hij denkt. De jongste dochter hoort voor haar ouders te zorgen en zou het stichten van een gezin uit moeten stellen totdat die taak is volbracht. Maar Geeske neemt haar het werk uit handen en zorgt voor hem, samen met Jochem, de enige die nog bij zijn vader woont.

Geeske trekt wat onkruid uit de grond. Er is niet veel, hier en daar een sprietje. Nee, natuurlijk hoeft er nauwelijks iets gedaan te worden als je bijna elke dag de begraafplaats bezoekt, hoort ze de vrouwen van het eiland smoezen, maar wie heeft er nou tijd om grafzerken schoon te houden? Ze kijkt om zich heen. Geesje loopt tussen de grafstenen door en blijft af en toe stilstaan om eentje aan te tikken.

Alle eilanders hebben hier iemand begraven. De meeste grafstenen zijn overgroeid, een enkele wordt bijgehouden. Meestal een graf van iemand die niet lang geleden gestorven is. Er liggen bloemen voor ouders, voor kinderen, voor broers en zussen. Voor geliefden. Alleen Johannes heeft hier geen familie liggen. Zijn moeder en broers liggen in zijn geboortedorp begraven. Zijn eerste vrouw ligt er, met hun dochtertje Aaltje. Geeske wilde het graf bezoeken toen ze aan de overkant was, maar Johannes hield haar tegen: 'Aleid is geen familie van jou. Laat haar rusten.'

Geeske denkt: nog een vrouw die bij het baren het leven heeft gelaten. En dan hoort ze in gedachten Jorrits stem, voelt ze zijn warme adembries in haar nek.

'Weet je wel zeker dat zijn eerste vrouw in het kraambed is gestorven? Heb je haar graf gezien?'

Geeske staat hier op het kerkhof, met haar rug tegen de kweeperenboom. Het loof hangt laag, de witte haartjes van de bladeren strelen haar gezicht. De roze bloesem raakt Jorrits hoofd, zijn geur hangt in de lucht, mengt zich met de avondschemering. Ze probeert zichzelf in de stam te drukken. Jorrit heeft haar kapje in zijn ene hand en met de wijsvinger van zijn andere hand draait hij krullen in haar witblonde haar. Geeske kijkt schichtig om zich heen.

'Wie zegt dat er ook een kindje in dat graf ligt?'

'Ik moet gaan, Jorrit.'

'Blijf nog eventjes!'

Hij laat de lok in zijn vingers los en streelt de haren uit haar gezicht. Geeske voelt hoe ze begint te gloeien onder haar onderrokken. Ze denkt: dit moet de hoop zijn die ontbrandt, maar wanneer Jorrit zich naar haar toe buigt, glipt ze onder zijn arm door, grist haar kapje uit zijn hand en zet het op een rennen. Hij roept haar, half fluistering, half schreeuw, bang voor de echo die op het kerkhof huist, maar Geeske holt door. Steeds verder, alsmaar vooruit.

Geeske schrikt op wanneer Geesje ineens voor haar staat, een twijgje van de kweeperenboom in haar hand. Haar witte haartjes vangen het zonlicht. Ze aait haar eigen zachte wangetje met het blaadje aan de twijg.

'Huis toe, opoe?'

Geeske knikt. Ze staat op, slaat het gras en het stof van haar rok. Het begint warm te worden. De zon staat op haar hoogste punt. Ze kijkt naar de namen op de grafsteen voor haar en denkt: ik zal hier ook komen te liggen. Ze geeft Geesje een hand. Ze is blij dat die een broertje of zusje krijgt, dat ze niet de enige blijft. Ze lopen langs de andere zerken. Sommige zijn scheefgezakt en gebarsten, andere glinsteren nog van nieuwheid. Hier liggen alle vissers van het eiland. Alle vissers.

Het hek piept wanneer ze het achter zich dicht trekken. Ze lopen terug langs het paadje dat ze op de heenweg in het kweldergras hebben gemaakt. Ze lopen voorbij de afdruk van Geeskes lichaam, daar waar ze naar de wolken hebben gekeken. Geeske kijkt onder het lopen omhoog. De meeste wolken zijn opgelost, maar een enkele vormt zich nog in de verte, hoog boven de Noordhoorn, en lijkt stil te hangen in de lucht. De waterpomp komt in zicht en Geesje begint harder te lopen, trekt haar grootmoeder met zich mee. Harder en harder gaan ze, totdat ze eindelijk bij haar achtertuintje zijn aangckomen. Het is er stil. De kippen zijn de kwelder in getrokken op zoek naar voer; het wachten zat. Ze staan bij de deur. Geeske hijgt. Haar kapje is naar achteren gegleden, haar haren hangen los naar beneden. Ze pulkt er bloempjes en blaadjes uit en met haar vingers kamt ze de ergste klitten eruit. Dan verbergt ze haar haren zorgvuldig onder haar kapje zodat ze niet meer zijn te zien.

Wanneer ze de deur opendoen, zit Trijntje op ze te wachten, de stoel van de tafel vandaan geschoven om plaats te maken voor haar dikke buik en de mouwen van Johannes' trui om haar nek geknoopt. Ze draait zich naar haar moeder en dochter toe. Geesje rent op haar af, haar klompjes tiktakkend op de houten vloer. Ze legt haar hoofd in haar moeders schoot, haar gezichtje verdwijnt onder de bolle buik.

'Mij moeder,' klinkt het weggemoffeld.

Trijntje aait het hoofdje tussen haar benen, strijkt de witte haartjes glad.

'Mijn moeder,' zegt Trijntje en draait zich naar Geeske die hen vanuit de deuropening gadeslaat. Geeske laat haar klompen bij de achterdeur en loopt naar het fornuis. Ze steekt het aan en gaat dan naar Trijntje toe, laat haar gerimpelde handen op haar schouders rusten.

'Dochter,' fluistert ze.

Trijntje leunt met gesloten ogen achterover, laat haar hoofd tegen haar moeders borst vallen. Geeskes oog valt op Johannes' trui, op de wieken van de molen. Ze denkt aan de molens die ze heeft gezien aan de overkant. Aan Johannes' vader, zijn haren wit van het meel. Aan Johannes, de molenaarszoon met zeebenen, die zich zonder mokken of morren en zonder tranen schikte in zijn lot. Maar Geeske bad. Elke dag wachtte ze op een teken van leven in haar baarmoeder. Ze voelde niets. Ze zag hoe de andere vrouwen van het eiland waggelden en wierpen, haar jongste zusje Mina werd geboren en de kinderen van Hattie zagen het licht. Elsje stond met grote ogen voor haar deur om haar als eerste het nieuws te vertellen, verlegen omdat ze haar geen pijn wilde doen, maar amper haar blijdschap verbergend. En Geeske omhelsde haar zusje, dat zo vol van leven was, en sloeg haar ogen voor de laatste keer ten hemel. Ze wilde Hem niets verzoeken, ze wilde niet smeken. Ze was bang dat ze beloftes zou doen die ze niet na kon komen en dacht: ik wil geen kind krijgen om het daarna af te staan. Al sta je alleen de eersteling af en volgen er nog velen. Het gaat er maar om een, eentje die bij jou is, van jou is. En die ene zou ik nooit laten gaan.

Geeske laat Trijntje los. Ze loopt naar de soep en prikt met een vork in de aardappels, die nog wat hard zijn. Ze laat de soep een tijdje doorkoken, blijft bij de pan staan totdat de aardappels gaar zijn. Ze hengelt met een vork de viskoppen en graten uit de soep, verzamelt ze in het deksel van de pan. Geesje wil bij haar moeder op schoot zitten, knijpt met haar kleine vingertjes in Trijntjes dijen. Er is geen plek, Trijntje duwt haar van zich af en het meisje begint te huilen.

'Kom maar bij opoe.'

Geeske beurt haar op, zet haar op haar heup terwijl ze in de soep roert. Geesje leunt met haar hoofdje op haar schouder, knijpt haar oogjes samen en kijkt tussen de spleetjes door naar haar moeder. Trijntje zegt: 'Geduld, Geesje, geduld. Nog eventjes en dan is er plek voor twee.'

'Een, twee...' zegt Geesje pruilend.

Geeske pakt de kommen en de lepels uit de kast.

'Een, twee, drie,' zegt ze, zet een kom met lepel voor Trijntje op tafel en zet twee kommen met lepels bij haar eigen stoel. Ze zet Geesje op de grond.

'Geesje mag de pollepel pakken.'

Ze pakt brood uit de voorraadkast en opent het luik in de grond om het botervlootje en de melk te pakken. De koelte uit het diepe gat komt haar toegewuifd. Ze tilt de melkbus eruit en zet die op de grond en geeft Trijntje het brood en de boter, legt messen neer. Ze pakt drie bekers en schenkt ze voorzichtig in, twee bekers vol, een beker halfvol, zonder te morsen. Ze zet de melk terug, sluit het luik en neemt de pan vissoep van het vuur. Trijntje heeft honger, scheurt een stuk brood af en smeert er boter op. De boter is nog hard, blijft in klonten aan haar brood kleven. Ze neemt een hap, geniet van de zoute smaak. Geesje komt aangelopen met de pollepel en wil de pan vastpakken.

'Pas op!' zeggen Trijntje en Geeske tegelijkertijd. 'Heet!'

Geesje trekt haar hand terug en geeft de grote lepel aan haar moeder. Geeske gaat zitten en neemt het meisje op schoot. Ze vouwt haar handen over haar kleine handjes heen en kijkt naar Trijntje, die met een schuldige blik haar lippen likt en haar mond afveegt. Ze vouwt alsnog haar handen en laat ze op haar buik rusten. De pollepel steekt tussen haar vingers door omhoog.

'Heer, wij bidden u om een behouden terugvaart voor mijn vader, vragen u hem snel de weg naar huis te wijzen. Wij vragen u dit kind dat ik bij mij draag gezond ter wereld te brengen en het zijn moeder niet te ontnemen. Wilt u ook bij tante Hattie zijn en de tweeling beter maken. Here zegen deze spijzen. Amen.'

'Herezegedezespijzamen,' lispelt Geesje.

'Amen,' zegt Geeske en denkt: is het te veel gevraagd? Een man die thuiskomt, gezonde kinderen? Ze kijkt naar haar dochter die de soep opschept, eerst voor haar moeder, dan voor haar dochter, en dan voor zichzelf. Ze ziet haar eigen witblonde haar, en de grote handen van Johannes. Stevige handen voor het strippen van vis, het breien van netten en het melken van koeien. Handen om koortsige voorhoofdjes te strelen en snotterende neusjes schoon te vegen, handen om je aan vast te houden. Ze krijgen altijd een zoon, denkt ze, de vrouwen in de Bijbel die smeken om een kind. Ze krijgen altijd een zoon.

Geesje houdt haar beker met twee handen vast en zet die aan haar lippen; haar gezichtje verdwijnt er bijna achter. Ze klokt de melk naar binnen en zet de lege beker zachtjes op tafel. Ze veegt de melk van haar bovenlip met de achterkant van haar hand. Geeske lepelt wat soep voor haar op en houdt het voor haar neus. Geesje blaast met bolle wangen en de soep spettert van haar lepel. Alleen een stukje vis blijft liggen. Geeske blaast ook een keer en Geesje pakt de lepel van haar over en eet de vis met smaak op. Ze lepelt nu zelf de soep op, kijkt geconcentreerd naar wat ze doet en blaast voorzichtiger. Geeske steunt met haar rechterelleboog op de tafel en lepelt de soep naar binnen. Trijntje eet eerst de aardappels, daarna de vis en de groente en neemt dan haar kom in haar handen om het overgebleven zoute vocht op te drinken.

'Bij elke storm heb ik gebeden dat pa het geweld van de zeebaren zou overleven en elke keer kwam hij heelhuids thuis. En nu is de zee zo mak, maar is hij er niet.'

'Een onderstroom kan je onverhoeds meesleuren.'

'Pa kent de zee op zijn duimpje.'

Ze drinkt haar melk met kleine slokjes en brengt dan de kom met soep weer naar haar lippen. Geeske ziet hoe ze midden in een slok even stilhoudt, haar wangen nog vol. En dan slikt ze de soep door.

'Een wee?'

Trijntje schudt haar hoofd.

'Het kindje strekt zich uit. Zijn voetje zit recht onder mijn rib.'

Ze zet haar lege kom op tafel.

'Ik kan voelen dat het aan het indalen is. Het lopen gaat moeilijker.'

'Ze zeggen dat het met de tweede veel sneller gaat...'

'We zullen zien.'

Ze schept meer soep op, heeft haar eetlust niet verloren, wil zich juist sterken voordat de barensweeën op gang komen. Het kan nog lang duren; ze wil dat het nog lang duurt. Ze schept Geeske nog een keer op.

'Geesje ook.'

'Geesje heeft nog,' zegt Trijntje, en voert haar een aardappel van haar eigen lepel. Ze reikt haar een stuk brood aan, dik belegd met boter. Geesje doopt het in haar soep en neemt een hap. Ze smakt.

Geeske herinnert zich hoe haar weeën begonnen waren, hoe ze de pijn had verwelkomd, omdat ze niet kon wachten om haar kind te zien, om het vast te houden en te wiegen in haar armen. Het is al zo lang geleden dat ze in de bedstee lag, de bedstee die Johannes voor hun huwelijk had gemaakt, en gromde en perste alsof ze zichzelf binnenstebuiten wilde keren. En ineens was daar de vrijmaking, weerklonken de eerste huil van Trijntje, haar eigen gesmoorde snik, en het gestommel van Johannes, die naar binnen stormde en de stoelen omverliep om bij de bedstee te komen. Eerst kwam hij aan het hoofdeinde staan, kuste hij haar bezwete gezicht en zocht hij naar haar blik. Toen ze haar ogen naar hem opsloeg en begon te schreien, zuchtte hij van opluchting, en daarna keek hij pas naar zijn dochter en jubelde: 'Een wichie! Een wichie!'

Ze lag in doeken gewikkeld bij zijn schoonmoeder, haar gezichtje nog bevlekt met bloed, haar uitdrukking nors.

'Daar ben je dan,' zei Johannes. 'Daar ben je dan.'

En hij drukte haar tegen zijn borst.

'Jaukje gaat trouwen,' zegt Trijntje en stopt het laatste stuk brood in haar mond.

'Ik heb het gehoord,' zegt Geeske. 'Ze zal zich wel erg verheugen.'

Trijntje knikt.

'Ik heb de trui gezien. Die is mooi geworden.'

Jaukje, de dochter van Jorrit en Jikke, die net wat ouder is dan Trijntje. Geeske herinnert zich hoe Jikke bij de waterpomp paradeerde, de eerste avond dat ze Jorrit als zijn vrouw opwachtte, hoe Jorrit de duinen doorwalste en zijn kersverse vrouw omhelsde, maar naar Geeske keek. Ze had hem later zachtjes toegesproken: 'Ik wil niet meer dat je komt.'

'Maar je kunt me niet verbieden naar je te kijken. Geeske, denk er nog eens over na.'

'Het ligt niet aan Johannes, het ligt aan mij.'

'Nee, het ligt in Gods handen.'

En ze had zich afgevraagd: wat als Jorrit mij door de Heer gezonden is? En terwijl hij van haar wegliep, door de kwelder, achter alle huisjes langs, om aan de andere kant van de baai weer op te duiken, dacht ze: als hij omkijkt is het een teken, en ze keek hem na tot hij uit haar zicht verdwenen was. Hij keek niet om.

Geesje glijdt van haar grootmoeders schoot en wil naar de achterdeur lopen.

'Eh, eh!' maant Trijntje. 'Eerst danken.'

Geeske trekt het meisje op haar schoot, vouwt haar handen opnieuw om de hare, voelt hoe de tien kleine vingertjes zich strak in elkaar vlechten, hoe de tien kleine teentjes zachtjes langs haar schenen strijken. Trijntje zit voorovergebogen, leunend op haar ellebogen met haar voorhoofd tegen haar handen.

'Heer, wij danken u voor de overdaad aan voedsel die u ons dagelijks weer schenkt en voor de goede gezondheid waarin wij verkeren. Wij vragen u ons niet langer te laten wachten en mijn vader veilig en gezond weer thuis te brengen en mijn kind veilig en gezond geboren te laten worden, zodat wij met ons samenzijn uw oneindige goedheid en erbarmen kunnen eren. Om Jezus' wil, Amen.'

'Amen,' piept Geesje.

'Amen,' mompelt Geeske.

Trijntje begint de kommen te stapelen en Geeske legt de lepels erin. Ze zet de pan terug op het fornuis. Die zit nog vol met soep. Trijntje bedekt de boter met het deksel van het vlootje en staat op. Johannes' trui glijdt van haar schouders op de grond. Ze wil hem oppakken, maar kan niet diep genoeg bukken. Geesje raapt de trui van de grond, slaat haar kleine armpjes eromheen en hijst hem op de stoel.

'Wil je haar niet hier laten?'

'Nee, dat hoeft niet. Zodra ik je nodig heb, laat ik je halen. Dirk is nooit laat thuis. En als het Gods wil is, vandaag ook niet. Kom, Geesje, we gaan naar huis.'

'Nee!'

Geesje laat zich vallen en kruipt onder de tafel.

'Nee!'

Trijntje trekt haar aan haar handen onder de tafel vandaan.

'Kom.'

'Nee, nee,' zegt Geesje en wurmt zich los. 'Varen, opoe, varen!'

'Geesje!' zegt Trijntje streng.

'Ach toe, heel eventjes maar.'

Trijntje zucht en haalt haar schouders op. Ze gaat weer zitten.

'Eén keertje. Dan gaan we.'

Geeske zet Geesje op haar knieën met haar gezichtje naar haar toe gericht. Ze houdt haar handjes vast en beweegt haar knieën van links naar rechts en omhoog en omlaag. Geesje wiebelt alle kanten op.

'Varen, varen,' zingt Geeske. 'Over de baren. Varen, varen, over de zee.'

Geesje zingt mee met haar kleinemeisjesstem. Voor ze er erg in heeft, valt Trijntje ook in.

'Wie nog nooit gevaren heeft, weet niet hoe een zeeman leeft. Varen, varen, over de baren. Varen, varen, over de zee.'

Geeske opent haar knieën en Geesje valt lachend met haar billen op de grond. Geeske trekt haar aan haar armen omhoog totdat ze weer staat.

'Nog een keer?'

'Morgen. Dan is het weer een nieuwe dag.'

Geeske kust haar en dan haar dochter.

'Zal ik nu niet met je meekomen?'

'Dat maakt het wachten alleen maar langer. Ik stuur Dirk of een van tante Mina's jongens wel naar je toe als ik denk dat het is begonnen.'

Geeske knikt en loopt met ze mee naar buiten. Het is warm buiten. De zon straalt recht in haar gezicht. Ze sluit haar ogen en luistert naar Trijntjes voetstappen in het zand.

'Dag, opoe!'

Ze opent haar ogen en ziet hoe Geesje vooruitrent. Ze houdt haar hansopje met beide handjes vast, glijdt haast over het zand. Dan houdt ze stil en kijkt om naar Trijntje, die haar inhaalt en voorbijloopt. En dan kijkt ze naar Geeske, draait zich plotseling weer om en rent verder. Geeske ziet voor zich hoe de dominee op de kansel staat, met een vinger dreigend omhooggestoken. 'Ende sijne huysvrouwe sach omme van achter hem; ende sy wert een Sout-pilaer.'

Ze denkt aan Lot. Zijn vrouw staat stil en hij gilt haar toe dat ze moet rennen, rennen, hij stuift haar voorbij, gaat harder, harder, totdat het geluid van zijn hijgen het geluid van zijn voetstappen overstijgt. Achter hem hoort hij niets. Hij rent door, wil niet denken aan de vrouw die niet gelooft, houdt zijn blik op de horizon gericht. En Lots vrouw kijkt om naar de verwoesting van de stad en denkt: mijn dochters halen de andere kant, maar mijn andere kinderen liggen hier begraven, hun beenderen onder het puin. En ze begint te veranderen in een zuil van zout. De zuil verbrokkelt en valt op de grond, waar de zoutkorrels zich vermengen met de aarde waarin haar kinderen rusten.

Geeske loopt langzaam naar binnen en denkt: is het zout of zand wat ik onder mijn voeten voel? Ze pakt de vuile kommen en het bestek van tafel en wil ze in de emmer met water die bij de achterdeur staat leggen, maar Geesjes luier ligt er nog in te weken. Ze legt de kommen en het bestek op de grond. Ze leegt de emmer en wringt de luier uit. Ze loopt naar de pomp, spoelt de emmer uit, vult hem met schoon water en hangt de luier aan de hendel te drogen. Ze pakt de kommen en het bestek en stopt ze in de volle emmer. Ze wil de bekers pakken, maar de hare is nog vol. Ze laat hem op tafel staan en spoelt de andere twee bekers in de emmer. Ze wast de kommen en het bestek af en droogt alles met een theedoek. Alles wordt weer netjes in de kast teruggezet. Ze tilt het botervlootje even op. De boter is zacht geworden en in elkaar gezakt. Ze bergt het snel weer op. Met haar hand veegt ze de kruimels van tafel, pakt de bezem en veegt zand, kruimels en stof door de achterdeur naar buiten. Ze leunt op de bezemsteel en kijkt toe hoe de kippen komen aangestormd om de kleine kruimeltjes naar binnen te werken. De waterpomp glimt in de zon. Een hele dag heeft Johannes gegraven, diep, steeds dieper om tot het zoete water te komen. Geeske was ervan geschrokken.

'Zo hard werken op een zondag!'

'Dit is niet werken. Dit is zorgen voor mijn gezin.'

Johannes. Ze denkt aan de dag dat ze boven aan de zeereep stond om hem op te wachten. Aan hoe de mannen hun bootjes het strand op trokken en strepen maakten in het zand. Hoe ze in een lange rij gingen staan om de manden met vis aan elkaar door te geven totdat de vrouwen ze aanpakten en de mand met zijn tweeën naar hun huisjes droegen. Of als het een magere vangst was geweest, alleen. Een dag zoals alle andere dagen. Daar kwam Johannes naar boven gelopen, een grote korf gevangen in zijn omhelzing, de geur van zout, vis en zweet om hem heen, en toen hij dichtbij genoeg was om haar te kussen stond hij stokstijf stil. Hij keek haar aan.

'Je bent zwanger.'

Geeske was eerst geërgerd geweest, totdat ze zag dat hij het meende.

'Hoe? Waarom nu?'

Maar Johannes bleef stil, alsof hij zichzelf het zwijgen had opgelegd. Zij telde de dagen af, verwachtte ieder ogenblik het bloed te voelen druppelen en toen dat niet gebeurde kon ze het nauwelijks geloven. Johannes had het aan haar gezien. Ze had er niet om gesmeekt, had geen beloftes gedaan die ze niet na kon komen, en had er al sinds lange tijd niet meer aan gedacht. Nu was het zover. Ze liep naar Johannes toe, die zich bij de bedstee stond om te kleden, sloeg haar armen om hem heen en schreide op zijn schouder. En hij omhelsde haar, zonder iets te zeggen.

Geeske heeft haar handen om de top van de bezemsteel gevouwen en leunt met haar kin op haar knokkels. Ze voelt hoe haar oogleden zwaar worden, zichzelf naar beneden lijken te duwen. Er dansen gele en
rode vlekjes aan de binnenzijde van haar oogleden.
Ze moet de netten gaan boeten, maar de zon schijnt
zo heerlijk op haar gezicht dat ze nog even blijft
staan. De kippen zijn rustig, hebben hun kakelen gestaakt. Af en toe kokkelt er eentje. Met moeite doet
ze haar ogen open. De kippen hebben de schaduw
opgezocht, zitten verspreid tussen de bosjes, onder
de veenbessenstruiken. Een koolwitje fladdert rake-
lings langs haar hoofd en ze volgt de vlinder met haar
ogen totdat deze in de kwelder verdwijnt. Ze staat
daar bij de achterdeur zonder zich te roeren. Morgen
misschien heb ik nóg een kleinkind, maar heeft dat
kind dan een grootvader? Terwijl ze gaapt kijkt ze
omhoog. De wolken boven het eiland zijn verdwenen, zijn naar de zee gedreven. Ze zet de bezem tegen
de deurpost en loopt naar de tafel. Ze grijpt met een
hand de rugleuning van de stoel vast en houdt in de
andere hand haar beker. Ze neemt een slokje van de
lauwe melk en ziet hoe Johannes' trui opgefrommeld
op de stoel ligt. Ze zet haar beker weer neer, vouwt
de trui op en legt hem op tafel. Ze denkt: hij heeft
mijn trui aan. Hij is herkenbaar. Ze gaat zitten, de

knobbel van haar pols steunt op de tafel, haar vingers zijn om haar beker gekruld. Ze herinnert zich hoe ze zich eens allemaal op het strand hadden verzameld, hoe de vrouwen op een kluitje stonden en zich vasthielden aan hun omslagdoeken, de punten ervan naar beneden trokken om zich staande te houden, terwijl hun rokken opwaaiden in de wind, wapperden als kraaienvleugels in een storm. Allemaal telden ze koppen, probeerden ze de bootjes te herkennen, de gezichten te ontwaren van de mannen die kwamen aangevaren. Ze herinnert zich hoe de kinderen hun armen voor hun ogen sloegen tegen het opspattende water en het zand. Hoe ze een zucht van verlichting had geslaakt en nog net een schreeuw kon onderdrukken toen ze Johannes uit zijn boot zag springen en zijn ogen haar zochten in de menigte. En vonden. Ze wilde naar hem toe rennen, hem vastpakken en mee naar huis trekken, maar ze bleef staan bij de andere vrouwen, de plooien van haar rokken in haar knuisten gekneld. De bootjes die nog niet aan wal waren, werden omhooggestuwd door de zeebaren, kletterden met een smak naar beneden. De mannen die net aankwamen hesen zich uit hun bootjes zodra ze het zand de onderkant voelden schuren, haastten zich naar het strand, hun benen hoog opgetrokken, springend om de kracht van het water tegen te gaan, en voegden zich bij de anderen, die halt hielden bij het lichaam dat was aangespoeld. Het lag in de branding, het gezicht in het zand. Alle mannen bukten zich en grepen ieder een deel van het doordrenkte lichaam vast, een schouder, een heup, een enkel, en heel voorzichtig het hoofd. Johannes schreeuwde boven het geloei van de wind uit: 'Een, twee, drie!'

De mannen tilden het lichaam op, droegen het tussen de bootjes door naar het strand. Iedereen was doorweekt, van de regen, van de zee, van de inspanning. Ze trokken het zeewier dat om de nek en het hoofd gestrengeld lag los en deinsden achteruit. Een deel van het gezicht was verminkt, stukgeslagen op de rotsen of op de wrakstukken van de boot. De mond lag open, de gezwollen tong hing naar buiten. Het was moeilijk te zien waar de mond ophield en de wond begon. Er was een gapend gat waar eerst een wang had gezeten, het ontblote jukbeen scheen door het wier heen. De vrouwen schuifelden dichterbij, reikten elkaar de hand. Ada begon te gillen en hield niet meer op, een gekrijs dat de zeemeeuwen en de storm overstemde. Haar kinderen dromden om haar heen, de kleinste hielden zich vast aan haar rokken, de oudste nam haar hand vast en huilde. Snot en tranen striemden zijn gezicht, zandkorrels plakten aan zijn wangen. De jongste wees met een heel klein vingertje.

'Wie's dat?'

''t Is pa.'

'Ada, weet je het zeker?' vroeg Goffe.

Maar Ada hoorde hem niet, bleef alleen maar gillen, haar handen in haar haren. De oudste deed een stap dichterbij.

'Da's zijn trui, met de visgraten overdwars en de A d'ronder. 't Is m'n pa.'

De vrouwen bewogen zich steeds dichter naar Ada en haar kinderen toe totdat ze in een kringetje om hen heen stonden en ze hadden ingesloten. Zachtjes

duwden ze tegen Ada aan, die op deze manier langzaam vooruit werd gestuwd, gedwongen werd mee
te bewegen in de richting van haar huisje, verder van
het lichaam van haar man vandaan. Geeske stond
met wijd opengespreide armen achteraan. Haar ene
hand lag op de schouder van Marrigje, haar andere
op de schouder van haar zusje Fenne. Zachtjes schuifelden ze vooruit. De punt van haar klomp raakte de
hiel van Fennes klomp. Fenne blikte achterom. Haar
gezicht was bleek. Geeske kneep haar lichtjes in haar
schouder en Fenne draaide zich met hangend hoofd
weer naar voren toe. Geeske keek tussen de gebogen kapjes door naar Ada. Ada zag niets en ze hoorde
niets, werd zonder woorden en zonder wil door de
andere vrouwen en haar kinderen meegevoerd.

Geeske zucht. Ze neemt nog een slok van haar melk.
Het smaakt haar niet en ze zet de beker weer op tafel. Morgen zal ze even gaan kijken bij het graf van
Ada's man en het ergste onkruid weghalen. Niet te
veel – het mag niet opvallen dat er iemand anders
aan zijn graf heeft gezeten – maar net genoeg om haar
respect te tonen. Een beetje van het mos weghalen
dat in de letters van de zerk is gaan groeien en een
beetje wieden, zodat je weer kunt zien waar het ene
graf ophoudt en het andere begint. Ze ziet Ada er nog
staan, met opgeheven hoofd en toegeknepen lippen.
Ze heeft haar kanten kapje en haar gekleurde rokken afgelegd, om ze nooit meer te dragen. Zelfs haar
klompen zijn nu zwart. Ze heeft haar handen voor
haar schoot gevouwen, haar kinderen staan in een
rechte lijn vóór haar opgesteld. Ze kijkt voor zich

uit, langs de mensen heen die zich bij het graf hebben verzameld om de laatste eer te bewijzen. Iedereen is gekomen. Zelfs Wendel staat in de menigte, al is haar man ook nog steeds niet thuisgekomen en blijven er wrakstukken aanspoelen op het strand, waarvan men denkt dat het delen van zijn bootje moeten zijn. Geeske ziet Jakob de Oude, de vuurtorenwachter, achter Hattie en Fenne staan. Zijn vrouw staat naast hem en Geeske ziet hoe hij haar hand zoekt, zijn vingers de hare vinden en zich ermee verstrengelen. Ze kan haar ogen niet van die handen afhouden. De dominee spreekt met een gefronst gezicht. Hij zegt met klem: 'Ende wandelende by de Galileesche Zee, sach hy Simonem ende Andream sijnen broeder, werpende...'

Ada's jongste zoon begint te snikken en steekt zijn zusje aan, die klaaglijk begint te jammeren. De woorden van de dominee zijn moeilijk te verstaan. Ada rukt aan de arm van haar dochtertje, die zich naar haar moeder draait en nog harder begint te jammeren, en Ada haalt naar haar uit, met haar vlakke hand tegen haar gezicht. Het jammeren stopt ogenblikkelijk, terwijl de kleine schoudertjes verder schokken. Het snikken is nu ook opgehouden. Iedereen houdt zijn adem in. De dominee herhaalt luider wat hij zojuist gezegd heeft: '...werpende het net in de Zee, want sy waren visschers...'

Wanneer de dominee is uitgesproken en naar Ada heeft geknikt, duwt ze haar jongste zoon naar voren. Daar staat hij, een beetje verloren, totdat zijn oudste zus hem iets influistert. Hij schuifelt naar het graf, bukt om een handjevol aarde te pakken en werpt het op de kist waar zijn vader in rust. Een voor een volgen zijn broers en zussen. En dan nadert Ada het graf. Ze blijft even staan, grijpt dan wat aarde en smijt die op de kist. Langzaam loopt ze weg met haar kinderen achter zich aan. Ze kijkt niet om.

Geeske zou zich niet schuldig moeten voelen, maar toch knaagt het. Dat haar man, een molenaarszoon van de overkant, nooit iets overkomen is, dat hij de golven zo behendig bespeelt. De vrouwen kijken haar niet aan. Alsof ze vals speelt. Alsof Johannes nooit de zee op had mogen gaan. Omdat hij altijd terugkomt.

Niemand blijft bespaard, heeft Ada vandaag tegen haar gezegd. Niemand blijft bespaard. Haar eigen moeder verloor haar broers, Harmke verloor haar middelste zoon. En Wendels eerste man, de vader van Rinske, is nooit meer teruggevonden. Op een dag, een paar weken nadat Ada's man begraven was, spoelde er een stuk drijfhout aan met een aantal letters waarvan iedereen wist dat ze de naam van zijn bootje vormden. Zijn graf op het kerkhof is leeg, bevat geen lichaam, alleen een trui. Een trui die Wendel voor hem had gebreid. Geeske wil er niet aan denken. Hoe Johannes de laatste ochtend zonder iets te eten de deur uit beende, afzakte naar het strand en zijn bootje naar het water sleepte. Geeske torende boven hem uit op de zeereep. De wind speelde met de zoom van haar nachthemd. Johannes sprong in zijn boot, zijn ogen op de horizon gericht, en voer in de richting van de overkant.

Geeske is naar de kast gelopen om een poetsdoek te pakken. Ze gooit de emmer met afwaswater leeg in de drinkbak van de kippen. De haan komt er als eerste op af en neemt wat slokjes. Zijn kam flapt zachtjes heen en weer terwijl hij het water in zijn snavel slurpt en zijn kop opricht om het door te slikken. De kippen komen ook om de bak heen staan en dringen om bij het water te kunnen. Ze staan op elkaars poten of duwen elkaar weg. Alles om maar de eerste te zijn. Geeske vult de emmer met schoon water en zet hem binnen op een stoel. Ze haalt de doek uit de zak in haar schort en maakt hem nat, wringt hem dan goed uit en begint de tafel af te nemen. Ze beweegt de doek in kleine rondjes over het tafelblad, schrobt extra hard waar ze de vis heeft gestript en waar nog wat vlekjes zitten. Zorgvuldig gaat ze de poten langs. Dan begint ze aan de stoelen, de zittingen, de rugleuningen, de poten. Ze zit op haar handen en knieën, maar richt zich even op om uit te puffen. Het is warm. Ze gaat met haar billen op haar hielen zitten en blaast een plukje haar uit haar gezicht. Met haar arm veegt ze het zweet van haar bovenlip, van haar elleboog tot aan haar vingertoppen. Het vocht blijft hangen aan de witte haartjes van haar onderarm. Ze voelt hoe een zweetdruppeltje tussen haar borsten door naar haar navel glijdt. Ze spoelt het doekje uit en dept haar gezicht, haar hals en dan haar nek, de achterkant van haar hoofd waar het haar begint en tot waar haar kapje net niet reikt. Ze denkt aan de dag waarop Ada's man door de zee werd opgegeven. De gapende wond waar eerst zijn gezicht had gezeten. Ada, die ze naar huis hadden gebracht en die stokstijf op haar stoel bleef zitten zonder zich te verroeren en zonder een geluid tc maken. Geeske en Marrigje waren gebleven om de oudste kinderen te helpen met de jongste en om het huis aan kant te maken. Ze wilden net beginnen met het bereiden van de maaltijd, toen Ada hen verzocht naar huis te gaan en de deur zachtjes achter hen dichtdeed. Marrigje sjokte naar haar huisje aan de verre baai en Geeske klom het pad op naar háár huis.

Ze deed de deur open, zag Johannes aan tafel zitten met zijn hoofd in zijn handen. Hij had zijn werkkleren niet uitgedaan, zat daar met zijn lange laarzen aan. Bij het geluid van de dichtvallende deur draaide hij zich langzaam naar haar toe. Geeske bleef staan en keek naar hem. Haar armen hingen lusteloos langs haar lichaam en haar voeten leken geen stap meer te willen verzetten. Johannes schoof zijn stoel naar achteren, stond op en liep naar haar toe. Hij pakte haar vast, drukte haar hard tegen zich aan. Geeske hing slap in zijn armen, bood geen weerstand, drukte haar neus in zijn borst en begon met lange uithalen te huilen. Speeksel droop uit haar mond en verdween in Johannes' trui.

'Je moet het me beloven,' huilde ze. 'Je moet het me beloven...'

Johannes streelde haar over het hoofd, kroop met zijn vingers onder haar kapje en pakte haar achterhoofd in zijn hand.

'Je moet me beloven dat je altijd thuis zult komen!'

Johannes trok haar hoofd een stukje naar achteren en kuste haar. Zij sloeg haar armen om hem heen,

wilde hem niet loslaten totdat hij haar antwoordde.
'Dat kan ik niet, Gees. Dat weet je.'

Geeske poetst de deurtjes van haar bedstee, haalt het doekje langs de deurknoppen en langs de bedrand. Ze dompelt de doek weer in de emmer en gaat naar het fornuis. Ze loopt haar hele huisje langs, maakt alles schoon. De voorraadkast, de kleine bedstee, het handvat van het luik, de kast met het mooie servies, de raamkozijnen. Ze staat even stil bij de ingelijste schelp die aan de muur hangt, verwijdert het stof en wrijft het glas totdat het glanst. Ze heeft Ada nooit horen klagen dat ze er alleen voor is komen te staan en haar kinderen aan de zorgen van haar oudste dochter heeft over moeten laten zodat ze als visleurster op de kade de kost kon gaan verdienen, dat ze tot haar grote schaamte de kinderen aan het werk heeft moeten zetten om zeegras te verzamelen in de verre baai, samen met de roomse families. De schande toen een van haar dochters zich bekeerde om met een roomse jongen te trouwen en zich bij haar nieuwe schoonfamilie vestigde. Ze praat er niet over. Ze zegt alleen: 'Ik ben een vissersvrouw. Iedereen weet wat er kan gebeuren. Ik heb geen man meer, maar ik heb mijn zoons. Het is Gods wil.'

Ik heb mijn broer, denkt Geeske, die mij vis brengt zolang mijn man er niet is. Ik heb mijn zussen Hattie, Fenne en Mina. Ik heb mijn dochter en mijn kleindochter en nog een kleinkind op komst. Ze slaat met haar doek de vliegen die om haar hoofd zoemen van zich af en staat op om het schoonmaakwater te verversen. Ze neemt de emmer mee naar de voordeur. Ze maakt eerst het bovenste gedeelte aan de binnenkant schoon en klapt het dan open zodat er wat lucht binnenkomt. Dan gaat ze op haar hurken zitten en begint de onderkant te poetsen. Ze volgt het vierkante patroon met haar doek, haalt het stof uit alle groeven. Dan klapt ze ook het onderste gedeelte open en maakt ze de buitenkant schoon. Haar doek is nu in één keer vies, door al het zand en stof dat tegen de deur aan geblazen wordt. Ze spoelt haar doek en het water wordt troebel. Ze begint net aan de bovenkant, wanneer ze voetstappen hoort komen aansnellen. Ze kijkt over haar schouder. Haar zusje Fenne rent het pad op, haar hoofd rood van inspanning, haar kapje half over haar ogen gezakt. Met haar ene hand houdt ze haar rokken omhoog, met de andere wappert ze alsof ze zich lucht toewuift. Geeske staat abrupt op en rent haar tegemoet. Ze pakt Fenne bij een schouder.

'Is het Trijntje?'

Fenne staat stil, steunt met haar handen op haar dijen, leunt naar voren met open mond. Ze hijgt en schudt haar hoofd.

'Johannes?'

Geeske staat op het punt om weg te rennen, naar beneden toe, naar het strand. Maar Fenne trekt aan haar rok en schudt nog eens met haar hoofd.

'Een vrouw,' zegt Fenne buiten adem en richt haar gezicht een stukje op om Geeske aan te kunnen kijken.

'Een vrouw?'

Geeske kijkt langs Fenne heen. Op het strand ligt

het bootje van Hilger, die eens per week de post komt brengen. Hij staat aan de punt en duwt zijn bootje terug het water in. Het is vandaag geen postdag. Net voordat hij zijn bootje weer in wil springen, zwaait hij met zijn arm. Geeske volgt zijn blik. Daar, op het pad, net voorbij de dorpspomp, loopt een vrouw. Ze heeft haar rokken hoog opgetrokken en aan haar arm bungelt een spoormandje. Ze komt met grote, zware passen haar kant op gelopen. Haar gele klompen vangen het licht en Geeske kan haar kousen zien. Ze laat Fenne los, plukt met haar vingers aan de poetsdoek in haar hand en ziet hoe de vrouw steeds groter wordt.

'Ze komt van de overkant,' zegt Fenne en richt zich op. 'Ze vraagt naar jou.'

'Naar mij?'

Fenne knikt en gaat vlak naast haar staan.

'Mulder. Mevrouw Mulder.'

Geeske wringt de poetsdoek. Druppels water vallen op haar rok en glijden naar beneden, verdwijnen in het zand. De vrouw komt dichterbij. Een lange, struise vrouw. Haar passen worden steeds groter, haar klompen bonken op het pad. Vlak bij de zussen houdt ze stil. Ze laat haar rokken los en zet haar handen in haar zij. Ze hapt naar adem.

'Dat is een hele klim!' hijgt ze, en ze glimlacht.

Geeske kijkt uit over de zee. Hilgers boot is door de golven opgebaard en wordt door de stroom meegevoerd. Hij roeit met grote slagen vooruit. Ze ziet hoe zijn rug zich kromt en weer rechttrekt terwijl hij de roeispanen naar zich toe haalt en van zich af duwt. Schuim verzamelt zich aan de achterkant van zijn boot. Ze volgt hem met haar ogen, richting de overkant.

'U moet mevrouw Mulder zijn,' zegt de vrouw en steekt haar hand uit.

Geeske laat haar blik op de vrouw rusten, stopt haar poetsdoek in de zak van haar schort en veegt snel haar handen af voordat ze de vrouw de hand schudt.

'Ja. Ik ben mevrouw Mulder.'

De drie vrouwen zwijgen. Geeske kijkt naar de vrouw, naar haar gezicht vol sproeten en de licht uitpuilende ogen. Het rossige haar dat onder het witte kanten mutsje is strakgetrokken en het zilveren oorijzer dat alles op zijn plek houdt. Ze herinnert zich de vrouwen in Johannes' dorp. Zijn moeder, die haar zondagse oorijzer had opgezet om haar zoon en zijn nieuwe bruid te verwelkomen en die haar bij het afscheid een oorijzer – van echt zilver! – had geschonken. De uiteinden van het oorijzer liepen uit in een spiraal, die Geeske deed denken aan de noordhoren-

143

tjes die soms aanspoelden op het strand, de ronde slakkenhuisjes die eindigen in een scherpe punt. Johannes' zus had haar laten zien hoe je het opdeed en hoe je het mutsje vastmaakte. Ze hield haar een spiegeltje voor en Geeske kon haar ogen niet van haar spiegelbeeld afhouden. Ze had zich nog nooit zo statig gevoeld.

Geeske loert vanuit haar ooghoeken naar de vrouw. Haar oorijzer is sierlijk, deftiger dan dat van Geeske. De uiteinden vormen een bloem, een roos misschien, met vele fijne blaadjes. Ze heeft een rond gezicht, een volle onderlip en kuiltjes in haar wangen. Ze draagt haar zondagse dracht, terwijl het nog geen zondag is. Geeske kan zich niet herinneren dat ze haar eerder heeft gezien.

Fenne verbreekt de stilte.

'Ik moest maar eens gaan. Hilger had post voor Ada.'

Ze neemt de brief uit de zak van haar schort en tikt er een paar keer mee op de palm van haar hand. Geeske herkent de stempel van het Vissers Weduwen en Wezen Fonds, het anker met de letters in een cirkel eromheen. Reitse kreunt in zijn slaap, een knuistje steekt boven Fennes schouder uit.

'Nu, dan ga ik maar.'

Fenne treuzelt. Dan kust ze Geeske op haar wang en kijkt haar snel even aan. Geeske knikt haar lichtjes toe, en terwijl ze Fenne nakijkt die met Reitse aan de afdaling begint, richt ze zich tot de vrouw en zegt: 'Komt u binnen.'

En ze duwt de deur van haar huis voor haar open.

De vrouw gaat haar voor en Geeske loopt met haar emmer in haar hand achter de vrouw aan. Ze sluit zorgvuldig de beide delen van de deur. Eerst de onderkant en dan de bovenkant. Dan sluit ze zachtjes de deurtjes van de bedstee, strijkt met haar hand even langs het hout. Ze gebaart de vrouw te gaan zitten. Maar die blijft bij de tafel staan.

'Aah, melk! Staat u mij toe?'

En voordat Geeske heeft kunnen antwoorden heeft ze de beker opgepakt en aan haar mond gezet. Ze slokt de melk naar binnen en loopt met de beker nog in haar hand naar het raam.

'Verrukkelijk. Er bestaat niets beters tegen de dorst.'

Geeske luistert naar haar tongval, hoe bijna alle klinkers dezelfde klank lijken te hebben en de toon bij elk woord aan het einde lager klinkt. Bij Johannes had ze erom gelachen.

'Wat is 't?' vroeg Johannes. 'Wat is 't nou?'

'Niets,' zei Geeske. 'Echt niet.'

'Niks? Helemaal niks?'

'Helemaal niks,' zei Geeske en giechelde.

Maar ze was vergeten dat Johannes anders praat dan de eilanders. Ze is eraan gewend geraakt. Ze hoorde het niet meer, dat hij net zo praat als de vreemdeling in haar huis. Ze kijkt naar de vrouw die voor het raam staat en naar de zee tuurt, zoals ze zelf zo vaak gedaan heeft.

'Wilt u nog wat drinken, mevrouw...'

De vrouw kijkt haar vragend aan.

'Had ik mij nog niet voorgesteld? Het is omdat ik

het gevoel heb dat ik u wel al ken. Maar u kent mij natuurlijk nog niet. Ik ben mevrouw Bogemaker. Gezientje Bogemaker.'

Geeske herkent de naam niet. Ze kan zich niet herinneren dat Johannes ooit haar naam heeft genoemd. Ze weet zeker dat ze haar nooit eerder heeft gezien.

'Kan ik u nog wat te drinken aanbieden, mevrouw Bogemaker?'

Gezientje schudt haar hoofd.

'Nee, dank u. De melk was verrukkelijk.'

Geeske neemt de beker van haar aan en staat er even mee in haar hand. Gezientje is nog steeds niet gaan zitten en Geeske staat daar maar en wringt de doek, ook al komt er allang geen water meer uit. Maar ze wil niet stil blijven staan.

'Neemt u mij niet kwalijk,' zegt ze en gaat de melkbeker omspoelen voordat ze hem weer opbergt. Ze zet de emmer buiten bij de achterdeur, legt haar poetsdoek op de rand te drogen. Weer binnen blijft ze bij de tafel staan. Gezientje loopt door haar huisje, blijft hangen bij de achterdeur en werpt een blik op de kippen. Geeske pakt de leuning van een van de stoelen beet.

'Ik krijg niet vaak bezoek.'

'Ik ook niet,' zegt Gezientje en ze draait zich met een glimlach naar Geeske toe. Geeske pakt de stoel waar ze op leunt en zet die bij het raam. Gezientje gaat zitten, met haar rug naar de muur, zodat ze zowel de zee in de gaten kan houden als Geeske aan kan kijken, die in de voorraadkast staat te rommelen. Ze zet haar spoormandje naast zich op de grond.

'Als ik van uw komst had geweten, dan had ik u nu iets aan kunnen bieden.'

'Maar dan had ik zelf ook moeten weten dat ik zou komen! Toen ik vanmorgen vroeg wakker werd, had ik nooit kunnen bedenken dat ik de zee zou zien, in een boot zou zitten en voet op dit eiland zou zetten! En nu zit ik hier. Soms besluiten mijn voeten eerder waar ze heen willen gaan dan ikzelf.'

Gezientje lacht met haar mond open. Haar bovenlip krult omhoog en onthult grote voortanden. Geeske knikt beleefd en zet bloem, suiker, een deegroller en een grote kom op tafel. Ze haalt de boter uit de berging in de vloer en strooit wat bloem in de kom. Gezientje springt op, staat in een paar passen naast haar.

'Kan ik u ergens mee helpen?'

'Dat is niet nodig. Dank u.'

Gezientje kijkt naar de bloem, wrijft er wat van tussen duim en vingers.

'Dit is uitmuntend meel.'

Een wolkje bloem stijgt de lucht in en valt uiteen. Gezientje blaast en wappert met haar handen, terwijl Geeske de ingrediënten begint te mengen in de kom, fijne witte bloem, suiker, alle boter die ze nog heeft en een snufje zout. Ze kneedt het deeg, dat blijft plakken aan haar vingers, totdat alles zich goed heeft vermengd. Ze strooit wat bloem op tafel en rolt het deeg erover uit totdat het niet meer plakkerig is. Met de deegroller plet ze het totdat ze een grote plak heeft gemaakt. Gezientje gaat zitten. In een paar passen is ze weer bij haar stoel. Ze leunt met haar ellebogen op het raamkozijn, haar neus raakt bijna het glas. Geeske pakt de bakvormpjes uit de kast en begint het deeg uit te steken. Een vis, een schelp, een boot. Zonder haar werk te onderbreken en zonder op te kijken, vraagt ze: 'Komt u van ver?'

'Van het hoogveenland. Zodra de zon opkwam, ben ik vertrokken.'

'Bent u te voet gekomen?'

Gezientje lacht weer.

'Niet over het water!'

Haar ogen trekken zich samen als ze lacht. Een aantal vouwtjes vormt zich in haar ooghoeken. Ze heeft weinig rimpels, of misschien zijn die minder zichtbaar door de sproeten. Ze is jonger, denkt Geeske, jonger dan Johannes en jonger dan ik.

'Ik ben met de benenwagen gekomen en een stuk met de paardenkar. Er is niet altijd iemand die je mee kan nemen.'

Geeske heeft de bakplaat gepakt en met boter ingevet. Ze legt zorgvuldig de ongebakken koekjes in rijtjes met genoeg ruimte ertussen zodat ze niet vast zullen komen te zitten tijdens het bakken. Vis naast schelp naast boot. Ze herinnert zich hoe Johannes haar meenam naar zijn dorp, achter in de paardenkar van de bakkersknecht, hoe ze ook lange stukken moesten lopen en Johannes hun spullen op zijn rug meesjouwde. Het laatste stuk hadden ze mee mogen rijden met de postkoets, hoog op de bok, Geeske tussen Johannes en de postbode in geklemd. Ze herinnert zich Alderina, zijn moeder, die hen voor de molen stond op te wachten, nieuwsgierig naar de kersverse bruid van haar zoon, en hoe ze Geeske met stevige armen tegen zich aan drukte en luide kus-

sen op haar wangen plantte. Ze was zo dankbaar geweest dat Johannes weer een vrouw had gevonden en
ze had Geeske nooit het gevoel gegeven dat ze niet
welkom was of dat ze haar haar zoon had afgenomen
door hem mee te nemen naar het eiland.

'Je moet maar vaak terugkomen naar het dorp,' zei
Alderina terwijl ze Geeske een mand toestopte vol
met meel en honing en geurige theeblaadjes. 'En zodra de kinders komen dan kom ik naar jullie toe.'

Johannes' lach bulderde door de molen.

'Ai, moe, de enige keer dat u bent weg geweest was
om naar het volgende dorp te lopen. En dat was om
met pa te trouwen! Een paar uur lopen! En nu zegt u
dat u de zee gaat oversteken?'

'Je wilt toch niet beweren dat je ouwe moeder
liegt? Och, och, Hannes...'

Maar de kinderen lieten op zich wachten en Alderina stierf lang voordat Trijntje geboren werd. En
telkens als Geeske naar de overkant wilde reizen,
gebeurde er wel weer iets waardoor ze de oversteek
niet maakte. Fenne was in verwachting, haar moeder
was ziek, Mina kreeg een tweeling of Johannes zei
dat de onderstroom te onberekenbaar was om zijn
vrouw mee te voeren. Ze heeft haar schoonmoeder
nooit meer gezien.

Het huis vult zich met de geur van versgebakken
koekjes. De tafel is weer schoon en leeg en de spullen zijn opgeborgen. De ketel fluit en Geeske haalt
hem van het vuur. Ze giet het kokende water in haar
theepotje en de blaadjes op de bodem waaieren uit,
veranderen het water van kleur en geur. Uit het kast-

je pakt Geeske twee kopjes en schoteltjes van het mooie servies en de zilveren theelepeltjes. Voorzichtig zet ze ze op tafel, naast de honing. De koekjes legt ze op een schaal in het midden. Ze zijn nog heet. Ze schenkt de thee in.

'Neemt u honing, mevrouw Bogemaker?'

Gezientje knikt. Een plukje haar is losgeraakt en komt onder haar mutsje vandaan. Geeske kijkt ernaar. Gezientje duwt het terug. Met een hand tilt ze haar mutsje een klein eindje omhoog en met de wijsvinger van haar andere hand propt ze het plukje haar eronder. Geeske brengt haar de thee en houdt haar de schaal met koekjes voor. Gezientje neemt een bootje. En een schelp. Dan schuift Geeske nog een stoel naar het raam en gaat tegenover Gezientje zitten. Ze roert met het lepeltje in haar kopje, veroorzaakt een draaikolk in de thee.

'Kent u...' begint ze, maar Gezientje is plotseling opgestaan, haar kopje ratelt op het schoteltje.

'Ik heb iets voor u meegebracht!' roept ze en duwt haar kopje in Geeskes handen, die nu haar handen vol heeft. Gezientje zet haar spoormandje op de stoel en rommelt erin. Haar hoofd verdwijnt bijna in de mand en ze mompelt iets terwijl ze zoekt. Dan haalt ze twee pakketjes tevoorschijn.

'Alstublieft,' zegt ze en ze houdt het grootste pakketje voor Geeskes neus. Geeske kijkt van het pakketje naar de kopjes in haar handen en zet ze dan eventjes op haar stoel. Ze pakt het geschenk aan, maar het is zwaarder dan ze had verwacht en ze laat het bijna vallen. Dan maakt ze het touwtje los waarmee het is dichtgeknoopt. Een ziltige, rokerige geur komt haar tegemoet als ze het papier openwikkelt. In haar handen liggen twee grote hompen gerookt spek. Roze en wit gestreept, en glinsterend van het vet.

'Maar dit is zeker drie kilo!'

Gezientje glundert.

'Drie kilo en twee ons.'

'Maar dat is...'

'Verrukkelijk!' zegt Gezientje. 'Van een van mijn beste varkens. Omdat Johannes altijd zegt...'

Gezientje valt stil. Geeske kijkt haar aan, het spek als een offergave in haar handen. Buiten hoort ze de roep van een lepelaar. Binnen zoemt een vlieg in cirkels om de honing heen. Ze vraagt zachtjes: 'Omdat Johannes altijd zegt?'

'Dat er geen spek te krijgen is op het eiland,' fluistert Gezientje.

Geeske slaat haar ogen naar de grond en knikt.

'Nee,' zegt ze. 'Op het eiland is geen spek te krijgen. We hebben hier geen varkens, alleen een paar koeien.'

Ze wikkelt het spek weer langzaam in het papier, vouwt de uiteinden naar binnen toe zodat alles goed is bedekt. Ze legt het touwtje er weer omheen en knoopt het goed dicht, trekt een paar keer hard aan de uiteinden.

'Dank u wel,' zegt ze en loopt naar het luik in de grond om het vlees op te bergen. Ze knielt neer en laat haar hand op het handvat rusten. Ze ziet de nerven van het hout in de vloer, de groeven als kleine ravijntjes onder haar handen. Ze denkt: als ik nu in een zoutpilaar zou veranderen, dan kon ik in korreltjes uiteenvallen en in de grond verdwijnen. Ze opent het luik en legt het spek neer. Naast de bruine bonen, achter de melk.

De bonen staan al dagenlang te weken in de kast, klaar om gekookt te worden. Elke avond neemt Geeske de bonen en kookt ze totdat ze zacht zijn. Niet te zacht; de velletjes mogen niet openbreken en de vruchtjes moeten niet papperig worden. Ze kookt ze niet te lang en niet te kort, maar precies zoals Johannes ze hebben wil. Dan pakt ze een speklapje dat hij heeft meegenomen van de overkant en snijdt het in kleine stukjes. Ze bakt de spekjes totdat ze knapperig zijn en roert ze door de bonen heen. 's Ochtends, als Johannes zich klaarmaakt om te vertrekken, stopt ze het spek met de bonen in zijn tinnen trommeltje en legt het op tafel neer met zijn lepel erbovenop. Maar de afgelopen dagen heeft ze geen bonen gekookt. Ze staan daar maar in de kast te weken. Het is avond geweest en het is dag geweest. De vierde dag. De laatste keer dat ze Johannes ziet, heeft ze geen tijd om zijn eten klaar te maken. Hij maakt haar wakker, schudt zachtjes haar schouder. Het is nog donker buiten, te vroeg om op te staan. Geeske legt haar hand op zijn gezicht, voelt met haar duim de haren van zijn wenkbrauwen en zijn baard prikt de muis van haar hand. Ze laat haar hand op zijn wang liggen en voelt hoe ze weer wegzakt.

Als ze later wakker wordt, is Johannes al opgestaan. Hij zit aan tafel in zijn witte hemd met één kous aan en de andere in zijn handen, roerloos. Geeske richt zich op, leunend op een elleboog, en bij het ruisen van de lakens schrikt hij op. Hij ziet er moe uit, heeft wallen onder zijn ogen en zijn grijze haren staan alle kanten op. Hij zegt: 'Ik weet niet of ik weer thuis- kom.'

'Je bent een visser,' zegt Geeske, haar stem nog schor van de slaap. 'Geen enkele visser weet of hij 's avonds thuiskomt.'

Johannes haalt zijn schouders op, trekt zijn andere kous aan en staat op.

'Ik ben een molenaarszoon.'

Hij leunt met zijn handen op de rand van de bed- stee. Zijn trui ligt aan het voeteneinde en hij kijkt ernaar. Hij strekt zijn hand uit, maar in plaats van de trui te pakken begint hij heel langzaam de initialen op de mouw te volgen met zijn wijsvinger. De initi- alen die hij voor haar heeft opgeschreven zodat zij ze in zijn trui kon verwerken. De G die overgaat in de J. Dan trekt hij zijn trui aan en hijst hij zich in zijn broek. Zonder iets te eten loopt hij naar de voordeur, zet zijn pet op en stapt naar buiten.

Geeske doet het luik dicht en staat op. Ze kijkt naar de vlekken op haar schort, het bloed van de heilbot- ten, de groene vegen van het kweldergras, de poede- rige bloem. Ze had haar schort uit moeten trekken zodra ze haar bezoek ontving, zo vuil dat het is. Ze trekt de koordjes los, haalt het schort over haar hoofd en vouwt het netjes op. Gezientje staat nog midden in de kamer met een klein pakketje in haar hand. Geeske ziet een stukje van haar kousen. Ze zitten vol met zand. Het kant van haar onderrok is niet wit meer, maar smoezelig geworden door het zeewater en de duinen. Ze legt haar schort op tafel, strijkt het nog eens glad en vraagt, met haar rug naar Gezientje toe: 'Is hij bij u?'

Het blijft stil. Ze weet niet of Gezientje heeft geknikt of haar hoofd heeft geschud. Dan hoort ze haar zeggen: 'Ik had gehoopt dat hij bij u zou zijn.'

Gezientje loopt naar Geeske toe en blijft voor haar staan. Maar Geeske kijkt niet op. Ze voelt hoe Gezientje een hand op haar schouder legt en door haar knieën moet zakken om Geeske aan te kunnen kijken. Maar Geeske draait haar hoofd weg en Gezientje laat haar los.

'Ik weet niet waar Johannes is. Ik heb hem al drie weken niet gezien. Ik was bang dat er iets met hem was gebeurd. Dat hij ziek was geworden. Of was verdronken.'

Geeske zwijgt. Ze pakt haar schort van tafel en vouwt het opnieuw, kleiner dit keer. Ze legt het in het midden van de tafel en schuift het dan naar de hoek. Ze legt het zo neer dat de hoek van het gevouwen schort precies samenvalt met de hoek van de tafel. Gezientje slaakt een zucht.

'Ik was zo opgelucht toen ik aankwam en zag dat u geen rouwkleding droeg. Hoe laat is het? Vier uur? Vijf uur? Hoe laat komen de mannen weer terug?'

De vraag blijft in de lucht hangen. Geeske kijkt door haar achterraam naar de schaduwen die de bomen op de grond werpen. Ze zoekt de zon. Het zal een uur of half vier zijn. Het is zeker al drie uur geweest, maar vier uur is het nog niet. De mannen zullen op zich laten wachten. Hoe langer het licht blijft buiten, hoe later ze thuiskomen. Je weet maar nooit hoeveel vis je kunt vangen in het laatste net dat je uitwerpt. Ze denkt: we hadden in de winter moeten trouwen, wanneer het vroeg donker wordt en de mannen er geen baat bij hebben om zo lang mogelijk op zee te blijven. Wanneer iedereen naar huis snelt zodra het begint te schemeren, bang om in de kou en in het donker achter te blijven. Maar Johannes wilde niet zo lang wachten, was al ongeduldig omdat Geeske de bruiloft had uitgesteld en meer tijd aan het breien van een trui besteedde dan aan hem. Het was hoogzomer de dag dat de dominee hen in de echt verbond. De kweeperenboom was al uitgebloeid. De zomeravonden duurden een eeuwigheid en soms lag Geeske al in bed voordat Johannes terug was, omdat ze te moe was om overeind te blijven staan. Soms snoof ze zijn geur op voordat ze hem aan hoorde komen, soms verraadde zijn stem zijn komst. Een laag gebrom dat voor een psalm of gezang moest doorgaan. Hij trok zijn werkkleren uit en waste zijn handen en zijn gezicht voordat hij de bedstee in kroop. Geeske ging dan zitten en hij pakte haar hoofd vast, haar schedel ingebed in de palmen van zijn handen, en hij kuste haar nek, het losse vel tussen de strak gespannen spieren. Zo lang als de avonden duurden, zo kort waren de nachten. Voordat ze het wist moest ze weer opstaan en was het tijd om het ontbijt klaar te zetten en de bonen te bereiden. Vroeger zonder stukjes kip. En zonder stukjes spek.

Geeskes oog valt weer op de vrouw van de overkant. De vrouw die Johannes met zich heeft meegebracht, zonder zelf op te komen dagen.

'Johannes is al drie nachten lang niet thuisgekomen.'

'Maar...'

Gezientje gaat zitten, legt het kleine pakketje in
haar schoot. Het papier ritselt. Ze leunt met haar ellebogen op de tafel en legt haar hoofd in haar hand.

'Ik hoopte zo dat hij gewoon ziek was. Ook al is
hij dat nooit. Maar eens moet toch de eerste keer
zijn? Een flinke verkoudheid of kramp in zijn buik.
Ik dacht dat er misschien iets gebeurd was met u of
met... O!'

Ze grijpt het pakketje in haar schoot met twee
handen en duwt het in Geeskes handen.

'Dit had ik ook nog meegenomen.'

Geeske weifelt. Ze kijkt naar de grote handen,
waarvan de ruggen vol met sproeten zitten. Dikke
blauwe aderen lopen van de polsen naar de knokkels.
Geen ring aan haar vinger. Ze kan haar niet wegstu-
ren. Ze zou door een van de andere vrouwen van het
eiland worden binnengehaald. Geeske strekt haar armen uit en neemt het geschenk van Gezientje aan.
Ze gaat ook zitten en maakt het voorzichtig open. In
haar handen ligt een babytruitje, gebreid van zachte, witte wol en met blauwe korenbloemen. Geeske
herkent de motieven van Johannes' dorp.

'Is het kindje al geboren?'

Geeske zit met het truitje in haar handen en
schudt haar hoofd. Ze werpt een blik op Johannes'
trui, die opgevouwen op tafel ligt. Dezelfde wieken
van de molen, dezelfde graankorrels, alleen veel kleiner. En in een andere kleur. Het kleine truitje is niet
van nassaus blauw sajet, heeft geen rode gloed. Er

157

zijn geen rode vezeltjes meegesponnen in de wol. Ze kijkt op naar Gezientje, naar het plukje haar dat onder haar mutsje vandaan piept, en ze kijkt weer terug naar Johannes' trui. Hij zei dat zijn moeder die voor hem had gebreid. Dan herinnert ze zich hoe haar zusje Hattie haar hielp om plukken haar bij de wortel uit haar hoofd te trekken zodat ze lange strengen had om mee te breien in de huwelijkstrui. Hoe ze gilde, nog voordat Hattie ook maar een vinger naar haar had uitgestoken en hoe Hattie haar maande om stil te zitten. Heel voorzichtig had ze haar eigen haren in de trui verwerkt, in de visgraten en de voorletters van hun namen. En pas toen de trui af was, de laatste steek was gebreid en alles aan elkaar was genaaid, was ze er klaar voor om in het huwelijk te treden.

Geeske bergt het wollen truitje op in de kleine bedstee, bij alle andere kleertjes die zij heeft gebreid. Het kindje zal het nodig hebben in de winter om het te beschermen tegen de kou, tegen de gure wind die het eiland dan teistert.

'Het is heel vriendelijk van u om aan...'

De zin verwatert. Geeske wil Trijntjes naam niet noemen. Alsof het noemen van haar naam haar leven met dat van Gezientje vermengt. Hagar, schiet het door haar hoofd en ze probeert de gedachte tegen te houden en te onderdrukken, maar ze blijft in haar achterhoofd rondzingen. De stem van de dominee doemt weer op en dringt zich naar voren.

'Doch Sarai Abrams huysvrouwe en baerde hem niet: ende sy hadde eene Egyptische dienstmaecht, welcker naem was Hagar.'

Ze denkt: maar het was Sara zelf die hem haar dienstmaagd gaf! Juist omdat zij hem geen kinderen baren kon! Ze ziet voor zich hoe Sara hem toeknikt. Ze geeft hem haar slavin zodat hij bij haar blijven zal. Ze kijkt hem na terwijl hij van haar vandaan sjokt. Een oude man. Zijn sandalen sloffen door het zand en gooien stofwolkjes op. Hij staat stil en draait zich nog even om. Hij buigt zijn hoofd licht naar haar, zijn hand opgestoken als een verstilde groet. 's Nachts blijft Sara wakker. Maar ze wacht tevergeefs.

Geeske sluit de deurtjes van de kleine bedstee. Ze denkt: ik kan haar niet de woestijn in sturen. Ze kijkt langs Gezientje heen en ziet de toppen van de duinen, een klein stukje strand. Ze stelt zich voor hoe het zand onder haar voeten voelt, koel en kriebelig. Mijn voeten zullen niet verbranden als ik over het zand loop en ik zal nooit op zoek hoeven naar water zoals Hagar in de woestijn. Ze richt zich tot Gezientje.

'Nee, ons kleinkind is nog niet geboren. En u? Hoeveel kleinkinderen heeft u?'

Gezientje recht haar rug.

'Ik heb geen kleinkinderen.'

'Maar ze zullen vast niet lang op zich laten wachten.'

Gezientje zegt niets. Geeske kijkt naar de sproeten op haar gezicht. Ontelbaar veel sproeten, over haar voorhoofd, neus en wangen verspreid zoals sterren aan de hemel. Honderdmiljoenmiljard, denkt ze, ze verbergt zich achter haar sproeten. Maar ze is niet zo jong als ik dacht. Maar misschien ook nog niet zo oud. Jonger dan mijn moeder toen zij Jochem kreeg.

'Ze zijn een zegen. Een geschenk van God.'

'Ja,' zegt Gezientje. 'Dat geloof ik. En kinderen...'

'Ssst!' zegt Geeske en legt een vinger op haar lippen. Ze spert haar ogen en spitst haar oren. Er komt iemand haar richting uit gelopen. Zo te horen is degene nog maar een paar huizen van haar vandaan. Maar de voetstappen zijn te licht om van Johannes te kunnen zijn en ze gaan te snel voor Trijntje. Geeske verroert zich niet.

'Tante Gees?' klinkt het terwijl er op de deur wordt geklopt. 'Tante Gees?'

Geeske ontspant. De deur wordt opengeduwd en daar staat Fennetje, de oudste dochter van haar zusje Fenne. Ze staat daar op blote voeten, kauwend op het uiteinde van een van haar blonde vlechten. Zodra ze Geeske ziet, spuugt ze haar vlecht uit.

'Wat ruikt het hier lekker, tante Gees!'

'Ik heb koekjes gebakken. Je mag ze wel mee naar huis nemen.'

Fennetje slaat wat zand van haar rok en kuiten en stapt naar binnen. Ze stopt haar vlecht weer in haar mond en vraagt al kauwend: 'Mag ik een beker melk?'

Dan duwt ze met haar hand de deur achter zich dicht en ziet ze ineens Gezientje zitten. Haar kaak zakt open en de vlecht glijdt langzaam uit haar mondhoek naar beneden. Met openhangende mond staart ze Gezientje aan.

'Dit is mevrouw Bogemaker,' zegt Geeske. 'Stel je eens netjes voor.'

Fennetje draait zich naar Geeske toe en knippert

met haar ogen. Ze slikt en probeert haar mond dicht te houden, maar zodra ze zich tot Gezientje richt, zakt die weer open. Ze schuifelt een stukje dichterbij, net genoeg om Gezientje, als ze haar arm helemaal uitstrekt, een hand te geven.

'Ik ben Fennetje Wierda, hoe maakt u het?' mompelt ze.

'Ik maak het uitstekend, dank je wel. En jij?'

Fennetje knikt een keer, haar kin diep weggestopt in haar hals, haar schouders opgetrokken.

'Mevrouw Bogemaker komt uit het dorp van oom Joop.'

Fennetje kijkt verschrikt om zich heen.

'Is oom Joop al terug dan?'

'Nee.'

'Dan mag u niet over hem praten,' fluistert Fennetje.

'Ik zeg niets,' zegt Geeske en pakt Fennetje bij de hand. 'Kom, dan krijg je wat melk.'

'En koek!'

Fennetje gaat aan tafel zitten terwijl Geeske de melk pakt. Ze snuift de geur op van het spek dat Gezientje voor haar heeft meegenomen. Maar misschien was het niet voor mij bedoeld, denkt ze, en hoopte ze dat ze het aan Johannes zou kunnen overhandigen. Met de melkbus in haar ene hand en het pakketje met het spek in haar andere loopt ze naar de tafel en zet het neer. Ze pakt een beker en schenkt die vol. Fennetje pakt de beker met twee handen beet en neemt een paar kleine slokjes. Geeske geeft haar twee koekjes.

'Dank u wel, tante Gees,' zegt Fennetje en doopt

een koekje in haar melk. Dan likt ze de melk ervan af en doopt het er nog een keer in. Ze zuigt de melk uit het koekje, dat langzaam in haar mond verbrokkelt.

'Heeft je moeder je gestuurd?'

'Ja,' zegt Fennetje met haar mond vol. 'Voor de boter.'

De kruimels van de koekjes plakken in haar mondhoeken.

'O, de boter!' zegt Geeske. 'Ik heb er niet meer aan gedacht en alles voor de koekjes gebruikt. Wat vervelend. Ik zal je wat reuzel meegeven en dan moet je morgen maar weer komen, dan kun je me helpen nieuwe boter te maken.'

Fennetje knikt zonder Geeske aan te kijken. Ze maakt haar wijsvinger nat met haar tong en drukt het topje van haar vinger op de kruimels die op tafel zijn gevallen. Ze likt ze allemaal van haar vinger af.

'Nu ja,' zegt Geeske. 'Het is ook eigenlijk veel te warm om boter mee te nemen. In deze hitte is het al gesmolten voordat je weer thuis bent.'

Ze stopt de overgebleven koekjes en een groot stuk spek in een linnen tas. Ze vult een bakje met reuzel en staat ermee in haar hand. Ze denkt: Johannes neemt die voor me mee van de overkant. Het komt van haar. Zij heeft die in haar handen gehad. De reuzel verdwijnt in de tas. Ze kijkt naar Fennetje.

'Had je moeder nog iets anders nodig?'

'Nee, niets.'

'Geen bonen of wortels? Wacht, ik doe er nog een krentenbrood bij.'

'Die eten wij dan lekker op, want moeder kan nu toch niks binnen houden.'

Geeske tolt om haar as naar Fennetje toe, en terwijl ze zich omdraait knakt er een wervel in haar rug. Met haar ene hand wrijft ze in het holletje in haar onderrug, in haar andere hand klemt ze het krentenbrood.

'Ach Fennetje... waarom heeft ze niets gezegd?'

Fennetje haalt haar schouders op en drinkt haar melk. Ze legt haar hoofd in haar nek en spert haar mond wijd open. Ze keert de beker op zijn kop boven haar gezicht en vangt de laatste druppels op haar tong.

'En Reitse nog geen halfjaar oud.'

Ze zucht. Ze stopt het krentenbrood in de tas en loopt naar de voorraadkast.

'Ik geef je wat tormentil mee. Tegen de misselijkheid. Trijntje heeft het niet nodig. Ga maar snel naar huis en trek er een kopje thee van voor je moeder. En je moet haar maar flink helpen.'

'Ja, tante Gees.'

Fennetje staat op en slaat de kruimels van haar rok.

'Krijg je er een broertje of zusje bij?' vraagt Gezientje.

Fennetje knikt.

'En ik mag de naam bedenken.'

'En weet je al welke namen je mooi vindt?'

'Frauke voor een meisje en... voor een jongen mag ik niet zeggen.'

'En wat hoop je dat het wordt?'

Fennetje kijkt naar de grond en schuifelt met haar tenen over elkaar.

'Een jongetje.'

'Ik hoop het ook,' zegt Geeske en geeft Fennetje de tas met eten en de tormentil. Fennetje slaat de tas om haar schouder. Ze zegt: 'Ik hoop dat Trijntje ook een jongetje krijgt. Dan kunnen ze samen spelen. Ook met Reitse erbij. O ja, tante Gees, ik moest nog van Trijntje zeggen dat alles goed gaat en dat ze u nog niet nodig heeft.'

Dan loopt ze naar Gezientje toe en geeft haar een hand.

'Tot ziens, mevrouw.'

'Dag, Fennetje.'

Maar het meisje loopt niet weg, ze blijft staan, haar ogen op Gezientjes hoofd gericht.

'Vind je 'm mooi?'

Fennetje knikt, zonder haar blik af te wenden. Gezientje trekt voorzichtig het oorijzer van haar hoofd. Fennetje blijft muisstil staan terwijl ze het oorijzer op haar hoofd zet. Het is te groot en blijft niet goed zitten.

'Je moet het met een mutsje dragen, anders valt het van je hoofd. Hier...'

Gezientje trekt de spelden waarmee haar kapje vastzit uit het haar in haar nek en achter haar oren vandaan. Haar rode haar, doorspekt met witte lokken, tuimelt onder haar mutsje vandaan. Ze schudt haar hoofd en het haar valt losjes op haar schouders. Ze zet het mutsje op Fennetjes hoofd en trekt het naar achteren, zodat het haar achterhoofd bedekt en niet over haar ogen valt. Dan zet ze het oorijzer erop.

'Mag ik kijken, tante Gees?'

Geeske brengt haar het spiegeltje uit de grote bedstee. Fennetje ziet zichzelf en zucht. Ze raakt de

bloemen van het oorijzer zachtjes aan, bekijkt zichzelf van links en van rechts. Dan neemt ze het van
haar hoofd en geeft het samen met het kapje terug
aan Gezientje.

'Dank u wel, mevrouw Bogemaker,' zegt ze en ze
draait zich om, de tas met spek, brood en tormentil
stevig tegen zich aan gedrukt. Ze slaat de deur achter
zich dicht.

'Dag, tante Gees!' hoort Geeske haar nog roepen.
Haar voetstappen klinken even na terwijl ze het pad
af rent, maar ze is algauw te ver weg om nog te horen.

'Helpt tormentil?' vraagt Gezientje, terwijl ze haar
oorijzer in haar mand opbergt en alleen haar kapje
weer opzet. Ze propt een paar lokken onder het kapje, maar het merendeel hangt los in haar nek en over
haar oren.

'De gedroogde wortel,' zegt Geeske. 'Tegen de misselijkheid. En de vloeistof uit de wortel om bloed te
stelpen.'

Ze herinnert zich hoe Johannes tegen haar moeder
schreeuwt met Trijntje in zijn armen: 'Ze verliest te
veel bloed! Ze verliest te veel bloed!'

En haar moeder die Johannes probeert te sussen.

'Kalm nu, Johannes, het is de nageboorte. De moe-
derkoek moet er nog uit.'

'Maar ze bloedt zo hevig.'

'We stelpen het. We stelpen het met tormentil.
Houd jij jouw dochter vast. Houd jij haar stevig vast.'

En Geeske ligt daar maar. Te moe om in te grijpen. Te moe om hem te zeggen dat het goed is. Het
is goed zo. En dan de drang om te persen die nog niet

over is en ze denkt: ik heb genoeg geperst. We hebben een dochter. Ik wil niet meer. Ik wil haar alleen maar vasthouden. Maar de pijn is nog niet over en ze moet door. Nog een keer. Ze schreeuwt en dan staat haar moeder naast haar met de bloederige nageboorte in haar handen.

Geeske kijkt naar Gezientje.
    'Gebruiken ze bij jullie geen tormentil?'
    'Niet dat ik mij kan herinneren.'
    'Maar wat hebben ze u dan gegeven?'
    'Niets. Ik heb geen kinderen.'

ANKER

Ik had mijn klompen aan moeten trekken, denkt Johannes, maar dan had Geeske vreemd opgekeken. Geen visser vertrekt ooit zonder laarzen. Met klompen in de boot... Johannes gniffelt. Hij loopt zwetend door de korenvelden. Hij heeft zijn trui om zijn middel geknoopt en alleen zijn witte hemd aan gelaten. Af en toe blijft hij staan om de druppels van zijn voorhoofd te strijken. De druppels blijven hangen in de haren van zijn arm. Hij denkt: het is veel te heet voor laarzen. Hij zet nog een paar stappen en stopt. Hij hinkelt op zijn linkerbeen en probeert met beide handen zijn rechterlaars uit te trekken. Het lukt niet. Zijn vochtige sok zuigt zich vaster in de laars. Hij heeft een boom nodig om tegenaan te leunen. Hij kijkt om zich heen. Aan het einde van het veld staat een rij zilverpopulieren. De witte onderkanten van de bladeren vangen het zonlicht dat weerkaatst wordt op de grond en dansende lichtjes achterlaat. Hij loopt naar de dichtstbijzijnde boom en leunt met een hand tegen de bast. Met de andere hand probeert hij zijn laars los te wrikken. Maar de laars wijkt niet. Hij gaat zitten, probeert met de punt van zijn ene laars de hak van zijn andere laars naar beneden te duwen. Wanneer er beweging in komt, pakt hij de laars met beide handen vast en trekt zo hard hij kan. Stukje bij beetje laat de laars los. Hij rolt zijn doorweekte sok naar beneden en trekt hem uit. Hij wiebelt met zijn tenen, spreidt ze zodat er lucht bij kan. Dan sjort hij net zo lang aan zijn andere laars totdat die ook losschiet. Hij stopt zijn sokken in zijn laarzen en zijn laarzen onder zijn oksels en loopt verder. Dan houdt hij stil. Hij zet zijn laarzen op de grond en legt zijn sokken erop te drogen. Hij denkt: een visser is verloren zonder zijn laarzen. Hij voelt het gras, dorre stukjes bladeren en takjes onder zijn voeten. Even aarzelt hij, dan begint hij te lopen. Zijn hoge laarzen staan verlaten onder de boom.

Johannes' maag begint te rammelen. Even overweegt hij terug te lopen naar de molen, maar besluit dan verder te gaan. Hij houdt het nog wel even vol en misschien vindt hij nog wel iets onderweg. Hij denkt aan de bruine bonen met kip die Geeske zo lekker voor hem klaar kan maken. En hij denkt aan het roggebrood dat Gezientje bakt, dat zo verrukkelijk kruimelt in je hand wanneer het vers uit de oven komt en eigenlijk nog te heet is om vast te pakken. Maar die hitte dringt niet door de eeltlaag op zijn handen heen, en hij weet altijd wat brood te snaaien voordat Gezientje hem op de vingers tikt. Hij begint harder te lopen, concentreert zich op zijn blote voeten om zijn hongerige maag te vergeten. Maar de gedachte aan eten laat hem niet los. Hij herinnert zich de eerste keer dat hij mosselen at. Hoe Ouwe Klaas moest lachen toen hij de mosselen uit hun schelpen probeerde te snijden voor hij ze aan dek ging koken.

'Nee, nee, nee! Met schelp en al!'

Hij schudde zijn hoofd.

'Weet je wel zeker dat je de zee op wilt? Tegen de

elementen kun je je beschermen. Maar tegen de andere vissers...'

Johannes was hem dankbaar. Hij had veel geduld, leerde hem alles wat hij wist. De anderen pasten op. Als Ouwe Klaas in de buurt was, klonk er geen onvertogen woord. Maar zodra hij Johannes even alleen liet, begon het jouwen en het sneren. Of er geen werk op het land voor hem was. Dat de vis zou schrikken als ze hem zouden zien. Dat het zijn schuld was dat de prijzen omlaag gingen. Laat ze maar, dacht Johannes, ze wennen er wel aan.

Een koolwitje fladdert langs Johannes' gezicht, nestelt zich op een klaproos een eindje van hem vandaan. Zijn witte vleugels trillen open en de zwarte stippen richten zich tot hem, alsof het ogen zijn, die hem knipperend aanstaren. Hij denkt aan Geeske, hoe ze haar haren nog in vlechten droeg toen hij haar ontmoette. Hoe ze hem niet aan durfde te kijken, maar telkens wegkeek, naar een overvliegende lepelaar of naar haar klompen. Zo anders dan de wichten uit het dorp. Zo anders dan Aleid. Maar bang was ze niet. Er waren genoeg jongens op het eiland die haar wilden, maar ze koos voor hem. Ze hoorde het jouwen van de andere wichten, ze hoorde de stekende opmerkingen van de vissers, maar ze zag hem en liet hem niet meer gaan. De eilanders moesten erin berusten dat een van hen met hem trouwde en hem binnenhaalde op het eiland. Misschien zijn ze er wel gewend aan geraakt, maar ze zijn het nooit vergeten. Hoe kunnen ze ook, als híj het niet eens vergeten kan?

169

'Ga met me mee, Gees.'

Ze schudt haar hoofd.

'We kunnen op het vasteland ook aan zee wonen.'

'Maar dat is niet hetzelfde.'

Johannes pakt haar hand, houdt die tegen zijn wang, wrijft zijn baard in haar palm. Hij kust haar vingertoppen.

'Gees,' mompelt hij. 'Geeske...'

Ze rolt zich in hem op zonder haar hand terug te trekken, haar rug tegen zijn borst, haar kin op haar schouder zodat haar hals open en bloot voor hem ligt.

'Blijf bij mij,' zegt ze. 'Blijf hier op het eiland.'

Johannes drukt haar hand tegen zich aan. Ze sluit haar ogen terwijl hij haar nek kust. Hij denkt: wat houdt mij op het vasteland? Zij houdt mij hier.

In de verte doemen de eerste huizen van zijn moeders dorp op. Hij kan deze route dromen, zo vaak heeft hij haar afgelegd. In de herfst, wanneer er geoogst is en de stompjes van het koren onbeweeglijk op de velden staan. In de winter, wanneer de velden bevroren zijn en hij zijn wollen sokken over zijn laarzen heen trekt om niet uit te glijden. In de lente, wanneer de tarwe opkomt en begint te geuren. En in de zomer, zoals nu, wanneer de tarwehalmen op hun langst zijn en ruisend meebuigen in de bries. Wanneer de zon op haar felst schijnt en alles zich scherp aftekent tegen de blauwe lucht, de kerktoren, de zwaluwen, de zilverpopulieren. Johannes hijgt een beetje. Zijn tong is droog. Hij zet het op een drafje totdat hij bij de rand van het dorp is aangekomen. Even blijft hij staan om op adem te komen en het zweet van zijn gezicht te vegen. Hij loopt naar het plein. De deur van de bakkerij staat open. Hij loopt naar binnen. De bakker, de zoon van Aleids oudste broer, staat met zijn rug naar Johannes toe de broden te stapelen. Hij hoort hem niet. Zonder zijn laarzen zijn Johannes' voetstappen nauwelijks hoorbaar.

'Goedemiddag!'

De bakker draait zich met een ruk om.

'Johannes! Je laat me schrikken!'

Johannes lacht.

'Heb je nog iets voor een hongerige man?'

De bakker gooit hem een krentenbol toe, die Johannes in twee happen achterover werkt.

'Mwah, 't is binnen te houden.'

De bakker zucht en geeft hem een roggebrood.

'Lang niet gezien.'

Johannes knikt kauwend.

'Ik vroeg me al af waar je bleef.'

Johannes slikt en neemt nog een hap. Hij zegt met volle mond: 'Ik word oud.'

De bakker kijkt hem aan.

'Te oud om te varen?'

Johannes haalt zijn schouders op. Neemt nog een stuk van zijn brood.

'Gezientje is behoorlijk bezorgd,' zegt de bakker, zijn armen vol met broden. Hij wacht tot Johannes iets zegt, maar die slikt zwijgend de laatste hap door. De bakker kijkt naar zijn blote voeten.

'Wat heb je met je schoenen gedaan?'

'Overboord geslagen.'

'Wil je een paar klompen?'

De bakker loopt naar achter, komt dan terug met twee paar klompen. Johannes probeert eerst het ene paar, zet een paar stappen en probeert dan het andere paar. Hij kiest voor de eerste, trekt ze aan en geeft de bakker een schouderklopje.

'Ik ga maar weer.'

'Ja,' zegt de bakker en geeft hem nog een paar krentenbollen mee. 'Tot volgende week?'

'Ik kom straks nog wel even langs,' zegt Johannes.

Hij loopt naar de dorpspomp en begint te pompen. Hij houdt een hand onder de straal. Dorstig slurpt hij het water naar binnen. Koel, helder water. Zonder zilte nasmaak. Hij stopt zijn hoofd onder de pomp en strijkt het water over zijn gezicht en in zijn haar. Wat was Geeske verbaasd geweest dat er ineens een pomp in haar achtertuin stond! Ze was weg geweest die dag, misschien om Fenne met de kleintjes te helpen, misschien om Hattie te helpen met de haring. Hij pompte wat water en spetterde haar nat. Ze rende van hem vandaan, haar rokken omhooggetrokken in haar handen. Hij rende achter haar aan, ving haar in zijn armen. Ze had hem omhelsd en ze had gelachen. Dat had hij haar al lange tijd niet meer zien doen. De avonden dat hij thuis was, hoorde hij haar prevelen: '...en laat mijn schoot vrucht dragen, o Heer. Amen.' Ze eindigde altijd met diezelfde zin. Het deed hem verdriet haar zo te zien en hij wilde het ook, voor haar, maar hij voelde het gemis niet. Ze hadden elkaar en hij wilde haar niet verliezen. 's Avonds na het eten, nadat hij de bijbel had dichtgeslagen, zei hij tegen haar: 'We hebben het goed samen, toch, Gees?'

Ze probeerde te glimlachen, maar haar mondhoe-

172

ken begonnen te trillen. Met een beverig stemmetje zei ze: 'Marrigje is in verwachting.'

Johannes knikte. Goffe had het hem bij het binnenhalen van de netten verteld, kon het niet voor zich houden. Moest even stilstaan om het nieuws mee te delen. Stond erbij alsof hij zelf het kind al ter wereld had gebracht. Benen wijd, schouders breed, een hand in de zij en het net in zijn andere. Johannes feliciteerde hem en zette hem in de kroeg op de kade een jenever voor. Op een goede afloop, dacht hij bij zichzelf en slokte de jenever in één teug naar binnen. Maar thuis had hij het voor zich gehouden, omdat hij wist dat Geeske er gauw genoeg achter zou komen. En hij had gelijk, want ze zat nu huilend tegenover hem. Johannes zuchtte. 'Kom. Kom hier.'

Ze strompelde naar hem toe en nestelde zich op zijn schoot. Ze rolde zich op in zijn armen. Hij wiegde haar zachtjes heen en weer en murmelde: 'Varen, varen over de baren. Varen, varen, over de zee. Wie nog nooit gevaren heeft, weet niet hoe een zeeman leeft. Varen, varen...'

Geeske haalde diep adem.

'Moet je morgen echt uitvaren?'

Johannes fronste. Hij had meer dan genoeg vis gevangen de afgelopen weken. Al zijn netten waren versteld en getaand, er lagen nog nieuwe netten te wachten om gebruikt te worden, de haring was gespeet en de bokking was verpakt. Er waren geen hongerige monden die gevoed moesten worden. Goffe en Jan zouden zich best een keer zonder hem redden. Bovendien konden ze de vangst dan onderling verdelen. Maar dan zou er gefluisterd worden. Over de molenaarszoon.

'Ik ben een visser,' zei Johannes. 'En jij bent mijn vissersvrouw.'

Hij dacht: misschien had ik haar toch mee moeten nemen naar het vasteland.

En nu denkt Johannes het weer. Hij staat bij de pomp, zijn dorst gelest, en denkt: misschien had ik haar toch mee moeten nemen. Niet moeten luisteren naar haar tegenwerpingen. Maar hij weet dat ze hier nooit zou hebben geaard. Ze heeft het water nodig, niet de grond onder haar voeten. Ze zou bij het ruisen van de bladeren van de zilverpopulieren verlangd hebben naar het ruisen van de zee. En ze zou als oudste dochter nooit haar moeder alleen hebben achtergelaten met haar zusjes. Mina was nog een zuigeling toen ze trouwden. Jochem was nog niet geboren. Ze was oud, zijn schoonmoeder Fenne, toen ze Jochem kreeg. Het heeft Geeske altijd hoop gegeven. Maar hij wilde dat ze die hoop niet meer had. Ze hebben een dochter. Ze hebben een kleindochter. Een kleinkind op komst.

'Trijntje,' verzucht hij. 'Mijn Tadeltje Rijnheid.'

Even krijgt hij de neiging om om te keren, terug te lopen langs het kerkhof, de molen van zijn vader, de korenvelden en de paden langs de veenplassen, en de weg te nemen naar de kust. Zijn kleinkind kan al geboren zijn! Maar hij wil niet denken aan zijn dochter in het kraambed, aan de pijn en aan het bloed, aan de kleur die uit haar gezicht verdwijnt. Bloed, zoveel bloed... en die nek zo vreemd verdraaid... Och, Aleid, och Aleid. Hij sluit zijn ogen, maar dat verjaagt de beelden niet. Het kan goed gaan. Het móét goed gaan. Hij opent zijn ogen weer en haalt diep adem. Hij schudt de herinnering van zich af. De bakker komt naar buiten gelopen met een mand vol brood.

'Sta je daar nu nog?'

'Ja, die bollen van jou liggen nogal zwaar op de maag.'

'Flink bewegen. Gaat 't vanzelf over.'

Johannes grinnikt. Hij steekt het plein over en loopt het dorp uit. Het is nu niet ver meer.

Gezientje staat voor de schelp die in een houten lijstje aan de muur hangt. Ze staat een eindje voorooverge-
bogen om het goed te kunnen zien. Het is een zand-
kleurige schelp met kleine, korte stekels. Hij waai-
ert uit, van boven naar beneden, met groeven als die
van een versgeplooide rok. Eronder staat in zwarte
inkt en zwierige letters iets geschreven. Geeske ziet
hoe haar ogen bewegen. Gezientje zegt: 'A-can-tho-
car-dia e-chi-na-ta.'

Ze kan lezen, denkt Geeske, ze weet wat er staat.
Gezientje gaat weer rechtop staan.

'Wat een vreemde naam voor een schelp!'

'Dat is de naam die mensen aan de overkant eraan
geven,' zegt Geeske.

'Hoe noemen jullie hem dan?'

'Gedoornde hartschelp.'

Geeske denkt terug aan de dag dat ze haar ouderlijk huis verliet. Haar vader en moeder die haar
toelachen en achter haar aan door hun kleine huisje
schuifelen. Geeske kijkt rond. Ze pakt een kannetje
op, beschilderd met roze roosjes, zet het weer neer.
Ze loopt langs de ouderlijke bedstee, bestudeert het
geborduurde kussen, waar haar moeder zo lang aan
heeft gewerkt. Ze strijkt over de stof, voelt de letters
onder haar vingertoppen.

'Het mag vloeien, het mag ebben. Wie niet waagt

zal ook niet hebben,' zegt haar moeder.

'Zo is het,' knikt haar vader.

Ze pakt het kussen op en heeft zich al half omgedraaid, wanneer ze iets ziet vanuit haar ooghoek. Ze legt het kussen terug in de bedstee en loopt in twee stappen naar de muur.

'Deze!'

'Die?' vraagt haar vader.

'Ja, deze wil ik meenemen naar mijn nieuwe huis.'

'En dit zilveren suikerpotje dan?' vraagt haar moeder. 'Of dit boerenbord van emaille?'

Geeske schudt haar hoofd.

'Nee, ik wil deze.'

Haar vader haalt zijn schouders op. Hij neemt de ingelijste schelp van de muur en geeft hem aan Fenne, die hem in een theedoek wikkelt en dan aan Geeske overhandigt.

'Dank u, moeder,' zegt ze en kust haar moeder op de wang. 'Dank u, vader.'

Ze kust hem ook. Ze loopt naar buiten, waar Johannes op haar staat te wachten.

'En?'

'Ik laat het je zo zien. Als we thuis zijn.'

Ze lopen hand in hand het pad op naar hun nieuwe huis. Haar zusjes lopen achter haar aan en zo vormen ze een hele stoet. Fennetje huppelt op blote voeten door het zand, haar klompen in haar hand. Hattie draagt hun jongste zusje Mina, die nog maar een paar weken oud is. Elsje neuriet een lied. Haar ouders sluiten de rij. Vanaf het strand wordt er naar hen gezwaaid. Johannes zwaait met wijde armgebaren terug. Hij lacht. Het eiland is nu ook zíjn thuis.

Gezientje neemt de schelp nog eens in zich op.

'Gedoornde hartschelp... die stekeltjes zijn zijn doornen. Maar ik zie geen hart.'

'Dat zie je alleen als de schelp compleet is. Nu zie je maar de helft.'

'Heb je hem zelf gevonden?'

'Nee. Mijn vader heeft hem meegenomen van de overkant.'

Hoofdschuddend komt haar vader thuis, met een pakje in zijn hand.

'Moeten jullie nou eens komen kijken,' moppert hij. 'Moet je eens zien.'

Hij gaat zitten op zijn stoel en wacht totdat zijn vrouw bij hem is komen staan. Zijn dochters staan om hem heen, of zitten op de grond. Geeske staat de soep te roeren en werpt alleen een snelle blik over haar schouder, voordat ze weer verdergaat met koken. Haar vader maakt het pakje open en haalt de lijst eruit.

'Waarom zit die schelp in een doosje?' vraagt Elsje.

'Zodat de mensen aan de overkant er veel geld voor betalen,' schampert haar vader.

Geeske komt erbij staan. Ze veegt haar handen af aan haar schort en neemt het lijstje voorzichtig in haar handen. De schelp zit op een kartonnetje geplakt en er staan letters onder, twee woorden.

'Wat staat daar, vader?' vraagt Hattie.

'Z'n naam,' zegt Hinrik.

'Gedoornde hartschelp,' zegt Geeske.

'Er stond een vrouwtje in de haven. Met allemaal schelpjes in een lijstje. Deze heb ik voor wat vis geruild. Ik dacht: dat moet ik thuis laten zien. Wat mensen aan de overkant met schelpen doen. Ze weten niet eens hoe de schelpen heten. Daarom moeten ze zijn naam eronder schrijven zodat ze het niet vergeten.'

Hinrik staat op.

'Elsje, haal jij de hamer en een spijker van achter.'

Elsje springt op en Fennetje kruipt achter haar aan. Hijgend komen ze terug met de hamer en een spijker.

Met een paar zachte tikken slaat Hinrik de spijker in de muur. Geeske overhandigt hcm de ingelijste schelp en hij hangt hem op, doet een stapje naar achteren en weer terug, en schuift het lijstje recht. Ze staan er met zijn allen naar te kijken.

Geeske had gedacht dat Trijntje de schelp misschien zou uitkiezen om mee te nemen naar het huisje waar ze met Dirk in ging trekken en was heimelijk opgelucht dat Trijntje geen interesse toonde. Ze had iets anders uitgekozen. Het oorijzer dat Geeske van haar schoonmocder had gekregen, de grootmoeder die Trijntje nooit had gekend. Trijntje is niet in zijn dorp geweest. Ze heeft nog nooit het eiland verlaten.

Gezientje draait de muur haar rug weer toe.

'Een schelp voor mensen die nog nooit de zee hebben gezien,' zegt ze.

'Als je de schelp tegen je oor houdt, dan kun je de zee wel horen,' zegt Geeske.

Gezientje kijkt haar met grote ogen aan. Ze puilen zo nog verder uit. De rimpeltjes aan de zijkanten worden erdoor strakgetrokken.

'De zee horen? Er zit toch geen water meer in de schelp? Dat is vreemd.'

'Het is echt waar. Als je je oor bedekt met de schelp, dan hoor je het ruisen van de golven.'

'Hoe wonderlijk! Wat jammer dat die achter glas zit! Anders had ik kunnen luisteren. Maar nu hoor ik de zee ook al. Ik had nooit verwacht dat die zoveel lawaai zou maken. De veenplassen bij ons liggen altijd helemaal stil. Soms zie je een paar kringen verschijnen, of blaast de wind een rimpeling in het water. Maar heus geen golven en zeker geen geraas.'

De veenplassen. Ze waren erlangs gekomen op weg naar Johannes' dorp. Kleine waterplassen, alsof de regen ze had achtergelaten en ze de volgende morgen zouden zijn opgedroogd. Water omringd door land, dacht Geeske. Overal, welke kant je ook uit kijkt, land. Grond.

'Daar is mijn moeders dorp,' zei Johannes.

Heel in de verte ontwaarde ze een toren. Ze moest zich inspannen om te zien of het een ronde watertoren was of een kerktoren. Met toegeknepen ogen zag ze dat het de spits van de kerk was. Het paard sjokte verder en de kar hobbelde onder haar, zoals een bootje dat wiebelt op het water wanneer je op probeert te staan. De Noordhoorn, dacht Geeske. Zo moet het zijn de vuurtoren te zien en te weten dat je thuis bent.

'Het is nu niet ver meer,' zei Johannes.

Ze keek hoe de kerktoren steeds kleiner werd, totdat ze hem niet langer kon onderscheiden en haar gezichtsveld werd gevuld met tarwevelden en rijen populieren.

'Heeft u Johannes' moeder gekend?' vraagt Geeske.
Gezientje knikt.
'Wij komen uit hetzelfde dorp. Iedereen kent elkaar, net als hier. En iedereen is aan iedereen verwant. Johannes' moeder was de nicht van mijn zwager.'

Heel even schiet het door Geeske heen: maar dan zijn jullie familie!, om meteen daarna te denken: aangetrouwd, geen bloedverwanten. En dan: ook neven en nichten trouwen met elkaar, krijgen kinderen. Wendel trouwde haar neef en kreeg Rinske samen met hem, de vrouw van Jakob de Oude is ook zijn nicht. Er zijn mensen die niet verder kijken dan hun eigen familie. Ze denkt: hij was haar broer. Sara. Abraham nam zijn zuster tot vrouw, de dochter van zijn vader, maar niet van zijn moeder. Je mag je aan je eigen zuster vergrijpen, maar andermans vrouw mag je niet beminnen. De dominee buldert met opgeheven, trillende vinger en laat zijn blik over de rijen mensen voor hem glijden. 'Ghy en sult niet begeeren uwes naesten huys: ghy en sult niet begeeren uwes naesten wijf...'

De vrouwen verbergen zich achter hun witte kapjes. De mannen wriemelen met de petjes in hun handen en hun knieën wiebelen op en neer. Geeske schuifelt met haar billen over de houten bank. Wanneer ze steels langs Johannes heen kijkt, vangt Jorrit haar blik. Terwijl iedereen zijn ogen op de grond gericht houdt, kijkt hij haar recht in de ogen. Hij dwingt

181

haar te blijven kijken, wendt zijn hoofd niet af. De dominee vervolgt: '...noch sijnen dienstknecht, noch sijne dienst-maecht, noch sijne osse, noch sijnen esel, noch yet dat uwes naesten is.'

Johannes volgt Geeskes blik en Jorrit kijkt weg. Johannes grijpt Geeskes hand. Hij houdt haar met beide handen stevig vast, drukt haar hand in zijn schoot. De kootjes van haar vingers trekken wit weg, terwijl haar vingertoppen rood uitslaan door het bloed dat naar boven wordt geperst. Ze blijft onbeweeglijk zitten en denkt: ik heb niets gedaan, ik heb niets gedaan. Na de dienst trekt Johannes haar mee. Ze moet haast rennen om zijn grote stappen bij te houden. Ze verlaten als eersten de kerk, de eilanders meevoerend in hun kielzog. Geeske durft niet om te kijken.

'Leeft uw moeder nog?' vraagt Gezientje.

'Nee. Mijn vader en moeder leven allebei niet meer. Deze schelp is een aandenken aan hen.'

Acanthocardia echinata. Ze had niet geweten dat dat er stond totdat ze de lijst in haar eigen huisje ophing en Johannes de naam oplas. Ze had naar de woorden gestaard alsof ze ze zelf voorlas en fluisterde: 'Gedoornde hartschelp. Dit is een gedoornde hartschelp.'

'Ja,' zei Johannes. 'Acanthocardia echinata is zijn andere naam.'

'Noemen ze hem zo aan de overkant?'

'Nee. Alleen de geleerden. Die geven alle dieren en planten een andere naam.'

'En mensen?'

'Die hebben al twee namen. Vergeet dat niet, mevrouw Mulder!'

Geeske valt stil. Ze moet er nog aan wennen dat ze nu Geeske Mulder heet. Dat ze een mevrouw is. Voor sommige mensen zal ze nu mevrouw Mulder zijn. Voor andere blijft ze Geeske. Twee namen, denkt ze, ik heb nu twee namen.

'Kom,' zegt Johannes. 'Je moeder wacht.'

Johannes loopt met Geeske aan zijn arm naar het huis van zijn kersverse schoonouders. Het bruidsmaal staat al klaar.

'Mijn vader is niet lang geleden gestorven,' zegt Geeske. 'Ik heb hem verzorgd. Mijn moeder is al jaren dood.'

Ze herinnert zich dat haar vader steeds kleiner werd, en steeds krommer. In het begin liep hij elke dag langs haar huis, op weg naar het kerkhof om het graf van zijn vrouw en dochters te bezoeken. Soms gingen ze samen. Eens stonden ze daar en zei hij: 'Ik heb er nooit aan gedacht dat zij eerder zou kunnen sterven dan ik. Ik was altijd met mijn eigen dood bezig. Of ik de storm zou overleven. Of ik niet overboord zou vallen. Ik dacht dat zij alleen zou achterblijven. En ik wist dat ze het zou redden.'

Toen hij niet meer kon lopen, daalde Geeske elke dag het pad af naar haar ouderlijk huis om hem te verzorgen. Soms kwam Trijntje met haar mee om haar te helpen en om naar de verhalen te luisteren die haar opa haar vertelde. Ze vroeg hem naar haar opoe.

'Jouw opoe was een flinke vrouw. Ze nam altijd

flinke stappen. Weet je waarom? Omdat ze allemaal kinderen onder haar rok had verstopt. Elke keer als ik dan terugkwam van de grote vaart, lag er weer een nieuw meisje in de wieg. Die toverde ze zo onder haar rok vandaan. Totdat ze op waren. Maar ze was er een vergeten. Toen haar onderrok zo oud en afgedragen was dat ze eindelijk een keer een nieuwe ging maken, viel je oom Jochem eruit!'

Trijntje schaterde van het lachen.

'Daarom heeft oom Jochem zo'n gek hoofd! Omdat hij op zijn hoofd gevallen is!'

Haar vader hield een strak gezicht, maar Geeske zag zijn ogen glinsteren.

Ze hielp hem bij het boeten van de netten. Niet door het zelf te doen, maar door de steken die hij liet vallen op te halen en opnieuw te doen. Met de netten in zijn handen voelde hij zich verbonden met de zee, alsof hij met de draden aan zijn bootje zat vastgeknoopt en hij op elk moment zijn netten weer uit kon gooien. Met de netten in zijn handen voelde hij dat hij nog iets kon betekenen voor zijn zoon. Jochem hield hem goed op de hoogte van het weer, van de plek waar de vis wel of niet zat, van de werkzaamheden die aan hun bootje verricht moesten worden. Jochem luisterde aandachtig naar zijn adviezen, knikte, viel hem niet in de rede. Ze zei zachtjes tegen hem toen ze het huis verliet: 'Misschien moet ik pa meenemen, naar ons huis. Dan heeft hij de hele dag mensen om zich heen.'

Maar Jochem schudde zijn hoofd.

'Doe het niet, zus. Dit is zijn huis. Laat hem hier sterven.'

En nu is het Jochems huis. Nog steeds gaat ze er-naartoe om te zorgen dat alles aan kant is en om er op te letten dat Jochem goed eet. Ze wast zijn kleren en stopt zijn sokken. Ze heeft zijn eerste echte vissers-trui gebreid toen hij begon mee te varen met de man-nen, omdat zijn moeder – hun moeder – er niet meer was om dat voor hem te kunnen doen. Ze denkt: hij is mijn kleine broertje, maar soms voelt het alsof hij mijn zoon is. Ze wendt zich weer tot Gezientje.

'Hoeveel broers en zusters heeft u?'

'Ik heb alleen twee oudere broers. Mijn zus is in het kraambed gestorven.'

'En haar man?'

'Haar man?' Gezientjes stem hapert. Haar volle lippen openen en sluiten zich weer.

'Uw zwager,' zegt Geeske. 'U zei toch dat Johan-nes' moeder zijn nicht was?'

'O ja, die zwager. Van de zus van mijn man. Zijn kant van de familie.' Ze kijkt naar haar voeten en strijkt een plukje haar glad.

Geeske denkt: gij zult niet begeren het viswijf van uw naaste, noch zijn dienstknecht, noch zijn dienst-maagd. Maar wat als een vrouw de man van een an-der begeert? Ze zegt: 'U draagt geen ring.'

Gezientje wil antwoorden, maar Geeske houdt haar vinger aan haar lippen. Ze hoort het doffe ge-luid van klompen in het zand. Een lome, luie voet-val. Ze lopen, denkt Geeske, ze rennen niet. Het is geen spoedgeval. Het klinkt als een vrouw. Het zou een van haar zusjes kunnen zijn. Geeske loopt naar de hoek van de kamer en drukt zich tegen de muur. Ze gluurt naar buiten. Het is Jikke, die met gebogen hoofd naar boven sloft. Die kan niet door Trijntje zijn gestuurd. Die moet nieuwsgierig zijn geworden door het verhaal dat vast en zeker al de ronde doet langs alle vrouwen in het dorp.

'Kom,' zegt ze en ze trekt Gezientje met zich mee. 'Ik zal u het eiland laten zien.'

Ze zijn al halverwege de achtertuin als Geeske beseft
dat ze Gezientje bij de hand heeft. Maar ze laat niet
los, ze rent door langs de moestuin, langs de kippen,
die niet weten hoe hard ze weg moeten komen en
in hun poging om te vluchten tegen elkaar op fladderen, langs de rookkast waar de gespete bokking
hangt, hun rokken ruisen, bollen op door hun gebogen knieën. Ze rennen langs de pomp die zo mooi
had geglommen toen Johannes hem er net had neer-
gezet, die nu zo zoet geurt door de wilde kamperfoelie die langs de schacht omhooggroeit en waar Geesjes luier aan hangt te drogen, en door de kwelder,
waar ooit haar koeien stonden te grazen met zwie-
pende staarten om de vliegen te verjagen, Rientje en
Trientje, en ze denkt: noch sijnen osse, noch sijnen
esel, noch yet dat uwes naesten is. Hijgend laat ze
Gezientje los. Ze loopt met ferme passen voor haar
uit. Gezientje houdt haar gemakkelijk bij met haar
grote stappen. Ze torent bijna een hoofd boven Geeske uit. Haar kapje is naar voren gezakt, bedekt half
een oog, en ze trekt het wat naar achteren. Kleine
zweetdruppels vergroten even haar sproeten en vallen dan uiteen, vullen de geultjes naast haar ogen. Ze
knijpt haar ogen een paar keer dicht, wrijft dan haar
slapen droog. Hier en daar bespeurt ze de rode snavel
van een scholekster, die verscholen zit in het gras.

'Kijk,' zegt Geeske. 'Dit is de tormentil.'

Gezientje bukt zich en bekijkt de gele bloempjes.

'Het lijkt wat op de boterbloem. Die groeien bij ons veelvuldig.'

Geeske trekt een bloempje met wortel en al uit de grond. De wortel is bruin en knoestig met lange sliertige uitlopers. Groot en ruig voor zo een tere bloem. Geeske probeert de wortel te breken, maar hij buigt mee. Na een paar keer dubbel buigen, breekt hij doormidden. Direct wordt de rode vloeistof zichtbaar.

'Ze noemen het ook wel bloedwortel.'

De vloeistof geeft af op Geeskes hand. Ze veegt hem af aan haar rok, vergeet dat ze haar schort niet langer om heeft. In de plooien van haar rok blijven vlekken achter.

'En dat?' vraagt Gezientje.

Geeske volgt haar uitgestoken vinger.

'Melkkruid,' zegt ze en ze herinnert zich de melkrand die zich boven Gezientjes lip vormde en hoe ze zei: 'Verrukkelijk.'

En ze ziet weer voor zich hoe zij de eerste slokken nam van de melk van haar eigen koe, van Rientje, en hoe Johannes de achtergebleven room van haar lippen kuste, het vet van haar mond likte. Verrukkelijk, denkt ze. Ze probeert het woord uit en murmelt het zachtjes voor zich uit: 'Verrukkelijk.'

Gezientje staat in de richting van Geeskes huis te turen.

'Als je hier staat, kun je nauwelijks geloven dat dit een eiland is. Alsof de zee niet aan de andere kant van de huizen ligt. Toch is alles anders. Het gras, de bloemen, de vogels. Daar heb je 'm weer, dat lelijke beest!'

Gezientje wijst naar de grote, zwarte vogel in de lucht.

'Dat is een aalscholver,' zegt Geeske en begint weer te lopen.

'Arme vogel. Hij is niet moeders mooiste.'

De vogel stoot wat keelklanken uit, suist weg richting het strand.

'En ook al geen nachtegaaltje.'

Geeske kijkt de aalscholver na. Ze slaat haar armen over elkaar, knijpt zich in haar eigen bovenarmen, voelt weer hoe het was om Trijntje dicht tegen zich aan te houden. De kleine knuistjes, die zich vastklampten aan het onderste kootje van haar vinger, de teentjes weggestopt in wollen sokjes. De oogjes, die zich soms even openden om naar de buitenwereld te gluren, maar ook snel weer gesloten werden. Ze kon een keel opzetten, haar Trijntje. Hoe verder ze haar mond sperde, hoe dichter ze haar ogen kneep, hoe harder ze krijste. Het deerde haar niet. Zo lang haar dochter lawaai maakte, hoefde ze niet bezorgd te zijn. Moeders mooiste. Adelheid. Als het had gekund, had ze haar geen moment losgelaten.

Gezientje is naast haar komen lopen. In haar hand heeft ze een stengel melkkruid. Ze gaan steeds verder landinwaarts. De rij huizen wordt steeds kleiner, het gras steeds hoger. Ze lopen een stuk over het paadje dat ze vanochtend met Geesje door het kweldergras heeft gebaand. Hun klompen pletten de grashalmen verder, waardoor ze niet meer terug kunnen springen en op de grond blijven liggen.

'Iemand is ons voor geweest,' zegt Gezientje. 'Waar leidt deze weg naartoe?'

'Naar het kerkhof,' zegt Geeske. 'Maar wij gaan nu naar de vuurtoren.'

'De Noordhoorn.'

Even wordt Geeske erdoor opgeschrikt dat ze de naam van de vuurtoren uit haar mond hoort. Ze kijkt naar haar. Naar de sproeten in het geultje tussen haar neus en haar bovenlip, naar de rossige haren, die warrig onder haar kapje uit steken. Ze kijkt naar haar zondagse rok, naar de onderrok, die naast het zand nu ook groene vlekken van het gras vertoont, naar de gele klompen, die ze aan de overkant gebruiken en die Johannes ook nog draagt.

'Uw man,' vraagt ze. 'Is hij molenaar?'

'Nee. Bijenkorfvlechter. Maar 's zomers, zoals nu, werkt hij ook als stoelenmatter. Er is niet altijd vraag naar nieuwe bijenkorven, maar er is altijd wel ergens een stoel die gerepareerd moet worden.'

'Helpt u hem daarbij?'

'Nee. Hij heeft twee zoons die hem in zijn werkplaats helpen.'

Geeske knippert met haar ogen en fronst. Gezientje kijkt haar recht aan.

'Ik leef niet meer met mijn man. Hij heeft een andere vrouw. Soms kom ik haar tegen in het dorp, maar ze praat nooit met mij. Ze knikt alleen als ik haar gedag zeg. En dat na al die jaren. Alsof zij degene was die hij verliet.'

Gezientje kijkt weg. Een bries tilt even de haren van haar schouders, waarna ze weer zachtjes neerdalen. De hitte begint af te nemen, maar de zon verlicht nog steeds haar gezicht. Geeske verlaat het graspaadje en gaat de andere kant op. Ze zijn nu ver genoeg inwaarts gelopen om onzichtbaar te zijn voor de vrouwen en oude mannen die aan het werk zijn in hun huizen of achtertuinen. Gezientje volgt haar, met haar blik op Geeskes blauwe klompen gericht.

'En zijn zoons?'

'Ze heeft hem vijf kinderen geschonken. Drie zoons en twee dochters. Maar zij vermijden mij. Het is ongelofelijk hoeveel mensen te weten komen zonder dat er ooit over gesproken wordt.'

Haar passen worden kleiner, haar ademhaling sneller. De grond onder haar voeten wordt ongemerkt steiler. Ze tilt haar rokken een eindje op om het lopen te vergemakkelijken.

'Ik wilde niets liever dan een gezin stichten. Mijn man wilde niets liever dan zijn zoals de andere mannen in het dorp. Hij zei dat ik hem niet tegen kon houden omdat het zijn schuld niet was. Ik vroeg hem om nog een kans.'

Geeske haalt diep adem.

'Heeft hij u die gegeven?'

'Nee. Hij zei dat het al te laat was.'

Geeske denkt: je weet nooit wanneer het te laat is. Ze werpt Gezientje een steelse blik toe, het zou nog kunnen. Ze moet jonger zijn dan ik.

'Hij heeft mij ons huis uit gezet. Mij weggestuurd.'

'Waar bent u heen gegaan?'

'Waar kon ik heen gaan? Alleen naar het huis van mijn moeder. Daar woon ik nu nog steeds.'

'En u krijgt niet vaak bezoek.'

191

'Nee. Mijn huis ligt buiten het dorp. Daar komen de dorpelingen niet. Mijn oudste neef komt af en toe brood brengen. Hij is de bakker. Mijn broers komen ook soms.'

'En Johannes.'

'Ja. En Johannes.'

Geeske denkt: hij weet hoe het is om het verlangen in iemands ogen te zien, en haar gedachten dwalen af naar Sara die in de opening van Abrahams tent staat en zegt: 'Kom, man, kom...'

Abraham weet niet hoe snel hij op moet staan om haar uitgestoken hand vast te pakken en naar haar eigen tent te gaan. Dat hij wordt begeerd door zijn vrouw, door zijn zuster, maakt hem zelf begerig. Zij klampt zich aan hem vast, laat hem begaan. Na de daad streelt hij haar en leest hij in haar ogen en haar mond hoezeer hij haar genegen is. Hij beseft niet dat het de hoop is die als een glimlach om haar lippen speelt.

Geeske denkt: wanneer is het begonnen? Wilde hij haar geven wat hij zijn eigen vrouw ook gegeven had? Haar geven wat een ander haar ontnomen had? Of zocht hij het zelf? Was het nog voordat Trijntje was geboren en wilde hij zijn geluk bij een ander beproeven, zoals haar man dat ook had gedaan? Zijn moeder uit hetzelfde dorp. Iedereen kent elkaar. Aan de overkant. Op het eiland. Ze wil omkijken naar Gezientje, maar ziet dat zij haar heeft ingehaald. Ze heeft haar ogen afgeschermd tegen de zon en kijkt recht tegen de vuurtoren aan. Ze draait zich om, schreeuwt naar Geeske: 'Er zit een huis aan vast!'

Geeske wil terugschreeuwen, maar bedenkt zich. Ze spaart haar adem, trekt haar rokken een eindje omhoog en struint verder, naar het hoogste punt van het eiland, naar Gezientje toe.

'Daar woont Jakob de Oude, de vuurtorenwachter.'

'Ik dacht altijd dat vuurtorenwachters in de vuurtoren zelf woonden.'

'Nee, daar is geen plek. Vroeger woonden de vuurtorenwachters in het dorp. Later is dit huis eraan vastgebouwd.'

De deur gaat open. Jakobs vrouw staat in de deuropening en wrijft haar handen droog aan haar schort. Een kleine jongen in een wit hemdje en een stoffen luier gluurt tussen haar benen door naar buiten, een arm om een van haar kuiten geslagen. Hij ademt met zijn mond open en er hangt een grote, groene snottebel uit zijn neus.

'Wilt u wat drinken? Het is een hele wandeling in deze hitte.'

'Ik wilde haar de vuurtoren laten zien. Ze komt van de overkant.'

Jakobs vrouw knikt. Ze draait zich om en haar kleinzoon klampt zich aan haar vast. Even later komt ze terug met twee glazen in haar hand. Ze sleept met het been waar het jongetje aan hangt. Geeske loopt naar haar toe en neemt de glazen water van haar over. Ze geeft er een aan Gezientje, die het water in een paar slokken wegklokt. Ze smakt met haar lippen. Geeske drinkt haar glas ook leeg. Ze stapelt de glazen en geeft ze terug aan Jakobs vrouw, die zegt: 'Ik roep hem wel even.'

Ze keert zich naar de toren, zet haar lege hand in haar zij en schreeuwt: 'Kobus! Kobus!'

Even later verschijnt Jakob de Oude buiten op de uitkijktoren. Zijn haar staat alle kanten op. Hij leunt op de reling en kijkt naar beneden.

'We hebben bezoek!'

Geeske zwaait.

'Wacht even,' roept Jakob en verdwijnt weer in de vuurtoren.

'Hij komt zo,' zegt zijn vrouw en gaat haar huis weer binnen, met haar zwijgzame kleinzoon nog aan haar been vastgeklonken. Ze horen de glazen rinkelen in haar handen. Dan doet ze de deur weer dicht. Jakob komt achter het huis vandaan.

'Geeske,' zegt hij.

'Dit is mevrouw Bogemaker,' zegt Geeske. 'Ze heeft nog nooit een vuurtoren van dichtbij gezien.'

Gezientje steekt haar hand naar hem uit.

'Ik had zelfs nog nooit de zee gezien!'

'Kom maar mee. Dan kunt u over het water uitkijken.'

Ze lopen achter de vuurtorenwachter aan. Hij houdt de deur voor ze open en laat ze de Noordhoorn binnengaan. Ze komen direct in de ruimte met de wenteltrap. Het is er donker en veel koeler dan buiten. In de ronde muur zitten her en der kleine vierkante raampjes waar flauw licht door valt. Gezientje laat eerst haar ogen wennen en begint dan omhoog te lopen. Geeske volgt haar. Hun klompen klikklakken op de gietijzeren trap, het geluid weerkaatst aan alle kanten.

'Heeft u ooit de treden geteld?' hijgt Gezientje nadat ze een aantal wentelingen gestegen is, haar ene hand op de leuning van de trap, haar andere in een vuist gevuld met haar rok.

'145,' zegt Jakob. 'Daar, bij de volgende overloop, zijn we op tree 87.'

'Hoe houdt u het vol,' zegt Gezientje en staat stil om even uit te puffen. Geeske houdt zich aan de leuning vast. Jakob wacht tot beide vrouwen op adem zijn gekomen.

'We moeten nog een eindje,' zegt hij.

Gezientje gaat verder, maar langzamer dan voorheen. Haar hand waarin ze de plooien van haar rok heeft verzameld zakt steeds verder naar beneden, van haar dij naar haar knie. Geeske zit haar op de hielen, kan alleen nog naar Gezientjes klompen kijken terwijl ze stug doorgaat. Dan komen ze bij een opening. Gezientje loopt de laatste treden op en ineens baden ze in het licht. Ze staan in een glazen koepel, waarin in het midden de lampen staan. Een holle spiegel is achter de lampen geplaatst.

'Het zijn heel veel lampen!' roept Gezientje. 'En die spiegel?'

'Die reflecteert het licht van de lampen, waardoor het veel verder schijnt,' zegt Jakob.

'Wanneer wordt het licht aangestoken?'

'Zodra het begint te schemeren, of eerder als het bewolkt is. Ik zorg ervoor dat de lampen altijd goed blijven branden.'

Gezientje loopt een rondje langs de lampen, kijkt naar de buizen en de glaasjes.

'Ik heb gehoord dat er op het vasteland vuurtorens zijn met gloeilampen,' zegt Jakob.

'Niet alleen de vuurtorens,' zegt Gezientje. 'Sommige boeren in ons dorp hebben ook een gloeilamp. Zeggen ze.'

Geeske loopt een rondje in het lichthuis en tuurt naar buiten. Ze kijkt alle richtingen uit. Bij de deur die naar de balustrade leidt, blijft ze staan. Jakob komt naar haar toe en hij opent de deur. Hij laat haar voorgaan, dan Gezientje, en stapt zelf als laatste naar buiten toe.

Buiten is het warmer dan binnen, maar er waait hierboven een zoele wind. Die tilt Gezientjes haren op, terwijl ze haar vingers om de reling krult en een eindje vooroverbuigt. Ze kijkt voorbij de verre baai, over de duinen, de glooiende kwelder die ze hebben doorkruist, om de zee in zich op te nemen.

'Zo groot,' verzucht ze.

Geeske loopt langzaam een rondje, met een hand op de reling om zich houvast te geven. Ze loopt Gezientje voorbij en langs Jakob. Voetje voor voetje voltooit ze de cirkel zonder haar ogen van het water te houden. Dan staat ze stil en grijpt met beide handen de reling vast. Ze buigt haar armen, drukt zichzelf tegen het hekwerk aan, alsof ze daardoor net iets verder kijken kan. Jakob komt bij haar staan.

'Als ik iets gezien had, dan had ik het je meteen gezegd.'

Geeske knikt. Ze wil iets zeggen, maar slikt haar woorden weg. Hij legt zijn oude hand over de hare, die de reling omklemt.

'Houd moed. De zee is kalm. Wat niet is, kan nog komen.'

Gezientje loopt naar ze toe. Jakob trekt zijn hand terug.

'Ligt daar het vasteland?'

Geeske en Jakob schudden allebei hun hoofd. Jakob wijst naar waar het vasteland zich bevindt. Er is niets te zien.

Gezientje loopt naar de achterkant van de toren, kijkt naar beneden op het dak van het woongedeelte. Dan laat ze haar blik over het eiland glijden.

'Wordt hier tarwe verbouwd?' vraagt ze.

'Tarwe? Graan?'

'Die grote schuren,' zegt ze en wijst met een uitgestrekte vinger in de verte, in de richting van de roomse nederzetting.

'Daar wordt het zeegras in bewaard,' zegt Geeske. 'Eerst wordt het gedroogd en dan worden er balen van gemaakt.'

'Als voeder?'

'Nee. Voor vulling. Van matrassen en kussens. En de dijken. Zodat de overkant niet onder water loopt.'

Gezientje lacht.

'Volgens mij is het vasteland al ondergelopen. Alleen maar water, geen land in zicht. Alsof er behalve dit eiland niets anders bestaat.'

Geeske denkt: drie nachten geleden was er alleen dit eiland. Alleen maar water en dit eiland. En ze denkt aan de dominee, die hun met wijde gebaren vertelt over de schepping van de aarde: 'Ende Godt seyde: Dat de wateren van onder den Hemel in eene plaetse vergadert worden, ende dat het drooge gesien worde: ende het was alsoo. Ende Godt noemde het drooge, Aerde, ende de vergaderinge der wateren noemde hy, Zeen.'

Ze kijkt naar het lichthuis van de vuurtoren, de

197

koepel, die de lamp beschermt. De Heer schiep twee grote lichten, denkt ze, de zon en de maan. Om het licht te scheiden van de duisternis. Ze richt zich naar de zon. De vierde dag is bijna voorbij.

Jakob staat in de deuropening en gaat hun voor. Samen beginnen ze aan de afdaling. Ze draaien rondjes, alsof ze zich in het binnenste van de schelp van een noordhoren bevinden en zich vanaf de punt naar beneden wentelen, totdat ze weer met beide benen op de grond staan.

STRANDGAPER

Gezientje is naast Geeske komen staan. Ze laten de Noordhoorn achter zich en lopen naar de verre baai. Links van hen ruist de zee, rechts van hen ruist het gras wanneer het door hun rokken uiteen wordt geduwd. Het huisje van Marrigje, dat aan het einde van de verre baai staat, komt in zicht. Ze zullen door de duinen moeten om op het strand te komen. Geeske trekt haar klompen uit en Gezientje volgt haar voorbeeld. Met blote voeten struinen ze door de duinpan. Het zand is warm, kietelt hun zolen. De zee verdwijnt uit zicht, om zich ineens weer te openbaren. De verre baai ligt aan hun voeten. Gezientjes adem stokt. Het strand staat vol met mensen. Hordes meeuwen cirkelen boven hen, krijsen tegen elkaar en tegen de mensen onder zich. In de branding staan vrouwen de groene planten die op het water drijven naar zich toe te harken. Ze strekken hun armen zo ver mogelijk uit en trekken dan de hark naar zich toe. Ze pakken het groen, hun armen vol, en leggen het op het zand. Dan beginnen ze weer opnieuw. Een groepje tureluurs houdt zich afzijdig, waagt zich soms wat dichter bij het water, maar schrikt terug zodra een van de vrouwen hun kant op komt. Verder in het water staan de mannen tot aan hun dijen in de zee. Met netten en haken halen ze de planten binnen. De vrouwen praten met elkaar. Geeske herkent de dochter van Ada, de dochter over wie niet wordt gesproken. Ze staat het verst in de branding. De zoom van haar rok drijft op het water, wordt door de golven omhooggestuwd en weer naar beneden getrokken. Af en toe puft ze en vliegt haar voorlok een eindje omhoog. De mannen schreeuwen aanwijzingen naar elkaar. Plotseling staat er een jonge man voor Gezientjes neus. Zijn voorhoofd raakt bijna het hare als hij zegt: 'Vandaag heb ik een klomp gevonden. Ik heb een klomp gevonden. Maar ook veel hout. En een klomp.'

De jonge man staat op zijn blote tenen te wippen en laat tien ronde afdrukjes achter in het zand. Gezientje doet een stapje naar achteren, maar de jongen steekt zijn nek uit en buigt zich voorover.

'Ik heb ook een keer een ton met wijn gevonden. Ja, met wijn. En vandaag een klomp. Een klomp. Misschien spoelt de andere klomp nog aan. Dan heb ik twee klompen.'

Geeske pakt hem bij de arm, zegt tegen Gezientje: 'Dit is Jakob de Jonge. De kleinzoon van de vuurtorenwachter. Wat voor kleur had de klomp, Jakob?'

Hij kijkt naar haar, wipt naar voren en naar achteren.

'De klomp!' schreeuwt hij, en rukt een klomp uit Gezientjes handen.

'Ik heb de klomp gevonden. Hij is van mij.'

Geeske pakt voorzichtig de klomp vast.

'Deze klomp is van mevrouw Bogemaker. Kom, waar is jouw klomp? Je hebt hem vast ergens goed opgeborgen.'

Jakob de Jonge drukt de klomp tegen zijn borst.

'Waar is je klomp? We willen hem graag zien.'

Jakobs ogen dwalen af. Dan opent hij ze wijd en laat hij Gezientjes klomp vallen terwijl hij naar de branding rent. Ze zien hem bukken, iets oppakken en tegen het licht houden. Een stukje zeeglas, misschien. Hij stopt het in zijn zak en loopt snel de branding langs. Hij houdt zijn ogen op de grond gericht. De vrouwen met de harken doen een stapje opzij, gaan weer verder als hij voorbij is. Geeske pakt de klomp op, houdt hem op zijn kop zodat het zand eruit valt. Ze denkt: hij had zijn klompen niet aan. Hij heeft zijn laarzen aangetrokken en is weggegaan. Zijn gele klompen zijn thuis, ze kunnen niet zijn aangespoeld. Hij heeft zijn laarzen aan. Ze geeft de klomp aan Gezientje terug.

'Jakob is de jutter van het eiland. Hij verzamelt alles wat op het strand aanspoelt. Meestal is het hout. Dat wordt voor de huizen en schuren gebruikt. Soms vindt hij iets anders.'

'En zij? Wat gaan ze doen met al dat zeewier?'

'Dat is zeegras.'

'Dus dat wordt in die schuren opgeslagen.'

'Eerst wordt het in de sloten in het binnenland geweekt om het zout op te lossen en dan wordt het te drogen gelegd in de zon.'

Gezientje ziet hoe Jakob naar het einde van de baai loopt. Hij zet eerst zijn tenen in het zand, dan pas zijn hiel. Zijn hoofd valt steeds een eindje naar beneden, voordat het met elke nieuwe stap weer omhoogkomt, zoals de meeuwen die op het water dobberen en achter een golf verdwijnen voordat ze weer op de schuimkop omhoogkomen. Hij houdt zijn handen op elkaar, een bolletje gevuld met de prijsgegeven schatten van de zee. Ze kijkt hoe de mannen door het water waden en hun netten met zeegras achter zich aan trekken. Net als de vrouwen hebben ze blote voeten. Ze dragen broeken tot aan hun kuiten. Vanaf hier ziet ze de weke en gerimpelde huid. De mannen lopen het strand op en gooien hun netten leeg. Met hun handen spreiden ze het gras, zodat het niet te dik op elkaar ligt en het zeewater makkelijk kan worden opgenomen door het zand.

'Zijn zij al terug van het vissen?'

'Ze vissen niet. Ze oogsten zeegras. En ze verzamelen alles wat Jakob de Jonge op het strand laat liggen.'

Gezientje kijkt van Geeske naar de vrouwen en weer terug.

'Het zijn geen vissers.'

'Nee.'

Geeske fluistert iets, maar ze hoort niet wat ze zegt. Het is alsof de woorden door het geluid van de golven worden opgenomen en opgaan in het schuim. Gezientje doet een stap naar haar toe.

'Dat zijn de roomsen,' herhaalt Geeske zachtjes.

'Roomsen?' zegt Gezientje veel te hard en slaat haar hand voor haar mond. Ze durft zich nu niet meteen weer om te draaien om te kijken. Geeske neemt haar bij de arm en loopt in de richting van de vrouwen. Ze zien in de verte hoe Jakob het einde van de verre baai heeft bereikt, zich omdraait en weer langs de kustlijn terug begint te lopen. Soms raken zijn voeten de uitloop van het water, soms alleen het zand. De roomse vrouwen zien hen komen en leunen even op hun harken.

'Goedemiddag,' zegt Geeske.

'Goedemiddag,' mummelen de vrouwen.

'Een goede oogst vandaag.'

De vrouwen knikken.

'En de dag is nog lang niet voorbij,' zegt er een voordat ze allemaal hun hark weer uitgooien en verder gaan met hun werk. Als ze de vrouwen bijna achter zich hebben gelaten, zegt de dochter van Ada zachtjes: 'God zij met u, mevrouw Mulder.'

Ze weten wat er op het eiland gebeurt. Jakob de Oude houdt ze op de hoogte. Hij overziet het dorp en de roomse nederzetting en hoort noch bij het ene, noch bij het andere. Maar zij kunnen niet zonder hem. Geeske denkt: misschien is ze daarom met een roomse jongen getrouwd. Omdat ze wist dat hij nooit uit zou varen. Omdat ze wist dat ze dan nooit zoals haar eigen moeder op het strand zou staan met haar kinderen aan haar rokken en het verwoeste lichaam van haar man in het zand. Ze buigt voorover om een grote witte schelp op te pakken en denkt: als je nooit het eiland verlaat, hoef je ook nooit terug te keren. Gezientje is naar het water gelopen en er met beide voeten in gestapt. Ze maakt een sprongetje en lacht haar tanden bloot als een golf op haar voeten breekt en de spetters tot aan haar dijen opvliegen. Wanneer ze haar mond weer sluit, proeft ze het zout op haar lippen en spuugt. Ze blijft staan, laat de golven keer op keer op haar voeten neerkomen. Dan schuurt er iets langs haar hiel. Ze bukt zich om het op te pakken. Het is een prachtig, klein geel schelpje. Ze houdt het in haar handen en bekijkt het van dichtbij. Het heeft ringen in verschillende schakeringen geel. Ze houdt het voorzichtig vast terwijl ze naar beneden tuurt. Er spoelen nog meer schelpen aan. Een paar kleine roze, een puntig slakkenhuis en een paar scheermessen, zoals ze die ook op het strandje bij de kade heeft gezien. Ze neemt ze mee naar Geeske die ze een voor een aanwijst.

'Nonnetjes, een noordhoren en dit zijn scheermessen. Kijk, en dit is een strandgaper.'

Ze geeft haar de witte schelp die ze zojuist gevonden heeft. Hij past precies in de palm van Gezientjes hand. Jakob de Jonge loopt langs, maar lijkt ze dit keer niet eens op te merken. Hij heeft zijn armen vol met wrakstukken, een klomp en een bruine fles.

'Hij heeft zijn klomp weer,' zegt Gezientje en stopt de schelpen die ze gevonden heeft en de schelp die ze van Geeske heeft gekregen bij het nonnetje in haar zak.

Het einde van de baai komt dichterbij, maar voor ze dat bereikt hebben, begint Geeske van de zee vandaan te lopen. Het zand wordt steeds droger, steeds ruller, moeilijker om door te lopen. Door de duinen loopt een pad, maar voordat ze dat inslaat, zegt Gezientje: 'Wacht! Laat me nog even kijken.'

Ze staat met haar klompen in de hand en laat haar blik van de vuurtoren boven haar naar het einde van de baai glijden. Ze tuurt over de zee, voorbij de vrouwen die het zeegras grijpen met de tanden van hun harken, voorbij de mannen die het gras in hun netten strikken. Dan draait ze zich om. Geeske is al vooruit gelopen.

'Wilt u mij even excuseren?' schreeuwt ze.

Geeske staat stil, knikt en draait zich met haar rug naar haar toe. Gezientje gaat naar het diepste deel van de duinpan en hurkt neer. Alleen de punt van haar kapje is nog zichtbaar vanaf het strand. Ze leegt haar blaas met een zucht van verlichting en zet het op een holletje om zich bij Geeske te voegen. Ze gooit het zand op met haar voeten, moet haar ogen ervoor afschermen. Haar klompen klapperen tegen elkaar in haar handen en haar kapje zakt naar één kant. Maar rennen in dit zand gaat nauwelijks harder dan lopen en in plaats daarvan neemt ze grotere stappen. Zodra de duinen overgaan in een weggetje, slaat Geeske het zand van zich af en stapt ze weer in haar blauwe klompen. Gezientje doet hetzelfde. Ineens maken hun voetstappen weer geluid. Ze volgen het weggetje dat naar de grote opbergschuren leidt. Dichter bij de schuren ligt de grond bezaaid met drogend zeegras. Achter de schuren komen de huisjes met de rode daken van de roomsen tevoorschijn, omringd door een aantal sloten waarvan het water nauwelijks zichtbaar is door het zeegras dat erin ligt te weken. Als je niet oppast, stap je zo in de sloot. De huisjes staan dicht op elkaar om een klein pleintje met de dorpspomp heen. Ze blijven tussen de schuren staan, gaan het dorp niet in. Het is er stil. Het plein is leeg.

'Hebben ze geen kerk?' vraagt Gezientje.

Geeske wijst naar een van de huizen.

'Dat is hun kerk. Daar komen ze elke zondag samen. Ze hebben geen dominee.'

Gezientje kijkt naar het huis. Boven de deur hangt een houten kruis.

'Maar waar worden ze dan begraven?'

'Op ons kerkhof. Achteraan is er een gedeelte voor hen.'

Ze denkt: een plekje onder de heg voor de onge-doopte babylijkjes, die 's nachts begraven worden, zodat niemand het ziet. Maar Geeske heeft de aarde gezien, vers omgewoeld en geurend naar vocht, en de vrouwen die ingehouden huilen bij de heg. Ze plukken bloesems van de kweeperenboom en laten die vallen op de grond, alsof ze bij toeval terechtge-komen zijn op de onzichtbare graven. Ze keren snel huiswaarts zodra ze merken dat ze niet alleen zijn op de begraafplaats.

Geeske wordt opgeschrikt door een schaduw, die over haar arm glijdt. Een wolk trekt voor de zon, ont-neemt ze even het licht, om dan weer voort te gaan. Vanuit het noordwesten komen er nog meer wolken aan. De blauwe hemel vertoont steeds meer wit. Ze kijkt naar de haartjes op haar arm, die omhoog wor-den geblazen door de wind. Een paar lepelaars trekt met uitgestrekte nekken voorbij. Het is tijd om naar huis te gaan.

Geeske steekt recht door het binnenland, langs de schuren, voorbij de roomse huisjes, door het hoge gras. Gezientje blijft achter haar. Haar passen zijn nu minder groot en Geeske hoort hoe ze steeds moeiza-mer ademhaalt. Wanneer ze omkijkt, staat Gezientje stil. Ze torent boven het gras uit. Ze houdt een schelp tegen haar oor, de punt van de noordhoren steekt bo-ven haar vingers uit. Als ze merkt dat Geeske naar haar kijkt, zet ze zich weer in beweging. Geeske gaat verder, maar nu iets langzamer. De kerktoren komt in zicht en dan de omheining van het kerkhof, de kweeperenboom.

'Dit is onze kerk. En het kerkhof.'

'Waar is het plekje van de roomsen?'

Geeske wijst haar de plek, helemaal achteraan, voorbij de heggen die geplaatst zijn om hen van de rest te scheiden. Ze weet nog hoe het voelt, hoe haar hart in haar keel klopt en ze zeker weet dat het geluid buiten haar lichaam hoorbaar is. Hoe ze verscholen zitten achter de heg, Jorrit die tegen haar zegt: 'Niemand die ons hier zal zien. Niemand die ons hier verwacht.'

Zijn hand die onder haar rok kruipt, voorbij de rand van haar kousen, steeds hoger. Hij kust haar en het voelt zo nieuw, zo anders, dat ze denkt: misschien, misschien... Ze heeft de hoop nog niet opgegeven. Dan voelt ze zijn hand aan de binnenkant van haar dij en verstijft.

'Ik kan het niet, Jorrit. Niet hier.'

Ze weet nog hoe het voelt. Zijn hand. Zijn kus.

Gezientje staat bij het hek en houdt zich vast aan de reling.

'Hier liggen uw vader en uw moeder.'

'Hier liggen alle eilanders.'

'En mensen die van het vasteland komen, maar op het eiland wonen?'

'Die worden hier ook begraven. Bij hun vrouw. Of andere naasten.'

'Maar denkt u dat die hier ook zullen rusten? Dat het eiland hun laatste rustplaats zal zijn?'

Geeske hoort het Johannes zeggen, wanneer ze hem vraagt het graf van zijn eerste vrouw te bezoeken: 'Laat haar rusten.'

Ze slaat haar ogen naar Gezientje op.

'Kende u haar? Aleid, de eerste vrouw van Johannes?'

Gezientje laat de reling niet los. Ze kijkt naar alle graven die voor haar liggen en zegt: 'Aleid was mijn zus. Ik was bij haar toen ze stierf.'

Ik zal nooit zonder de wind kunnen, denkt Johannes, of die nou een boot moet voortstuwen of de wieken van de molen draaiende moet houden. De bladeren van de zilverpopulieren die aan de rand van het dorp staan worden heen en weer geblazen, de takken bewegen zachtjes mee. Hij blijft even stilstaan om te bepalen welke kant de takken op worden gestuurd, naar welke kant de bladeren terugvallen. Hij denkt: de wind is gekrompen. Hij tuurt omhoog. In de verte ziet hij wolken aankomen die er eerder nog niet waren. Ze zweven, dobberen bijna, als witte zeilen op weg naar huis, de mannen moe en hongerig. Maar Johannes gaat de andere kant op, laat de zee ver achter zich.

Hij herinnert zich hoe hij Gezientje tegenkwam in de bakkerij, die toen nog door haar vader werd bestierd. Zijn moeder leefde nog en het eiland had hij nog met geen voet betreden, al had hij het wel in de verte zien liggen. Hij wilde het water voor haar pompen, de twee emmers die ze bij zich had vullen, maar ze liet het niet toe. Ze bewoog de hendel krachtig op en neer. Ze sloeg haar ogen naar hem op zonder haar bewegingen te stoppen.

'Ik hoor dat je zeeman bent geworden.'

Hij knikte. Het water gutste uit de pomp. Hij zag de spieren in haar bovenarmen, de pofmouwtjes van haar blouse, die steeds een stukje verder omhoogkropen. De sproeten, die op en neer leken te springen op haar huid.

'Heb je de zee wel eens gezien?'

'Nee. Maar ik heb gehoord dat die groter is dan je je kunt voorstellen. Is dat waar?'

'Ja. De zee is onvoorstelbaar groot.'

Hij keek naar haar uitpuilende ogen, haar volle lippen. Ze was groter, forser, en rossiger, maar ze deelde onmiskenbaar trekken met Aleid.

'En jij nog gefeliciteerd met je aanstaande huwelijk. Kleine zusjes worden groot.'

Hij glimlachte naar haar. Zij liet de pomp los.

'Het is fijn om je weer te zien lachen,' zei ze.

'Het is fijn om jou weer te zien,' zei hij.

De emmers waren vol. Met in elke hand een liep ze rustig naar huis. Ze waren tot aan de rand gevuld, maar ze verloor geen druppel. Hij zag af en toe de hak van haar klomp de zoom van haar rok oplichten, waardoor het witte randje van haar onderrok even zichtbaar werd en dan weer verdween, totdat ze uit zijn zicht gelopen was.

En nu woont Gezientje in hetzelfde huis als waar ze eens naar terugging, haar ouderlijk huis. Haar man duldde haar aanwezigheid niet meer in zijn huis. Wat eerst hun huis was, bleek plotseling zíjn huis te zijn geworden. Johannes was er nooit geweest, kende haar nauwelijks in de hoedanigheid van mevrouw Bogemaker. Hij kwam haar wel eens tegen, zoals hij ook andere bekenden tegenkwam. Haar man zei hij gedag, nog steeds, al was hij zelf altijd degene die

eerst groette en wisselden zij verder geen woorden.
Zijn moeder had het hem verteld.

'Gezientje is terug naar haar vader en moeder.'

Hij dacht dat ze was teruggegaan om voor haar ouders te zorgen. Later begreep hij dat het niet tijdelijk was. Zijn moeder zei: 'Misschien moest je haar eens opzoeken. Ze is tenslotte je schoonzusje.'

Maar Johannes had gedacht: ik heb al vier schoonzusjes en die wonen op het eiland. Ik leef niet langer hier op het vasteland, mijn leven is daar. Aleid is dood. Haar zus is dood. Maar mijn vrouw leeft.

Johannes loopt in de berm langs de korenvelden. De grond is hard onder zijn voeten. Het is droog geweest de afgelopen weken. Tussen de velden liggen de sloten, rechte lijnen die de velden afbakenen. Het water is laag, ligt vol met kroos en algen. Gunstig weer om zeegras te drogen, denkt Johannes. Hoe vol zouden de schuren inmiddels staan? In het veld ziet hij beweging. Een boer loopt tussen de rijen tarwe door. Af en toe staat hij stil en buigt hij zich naar het koren toe. Wanneer hij Johannes ziet, steekt hij zijn hand in de lucht. Zijn mond gaat open, maar is alweer gesloten als zijn groet bij Johannes aankomt. Het geluid deint mee op de wind. Iedereen kent mij hier, denkt Johannes. Iedereen weet wie ik ben. De zoon van de oude molenaar, de zoon van Alderina, een wichie uit dit dorp, de broer van de huidige molenaar. Hij tuurt opzij, laat zijn ogen over de rijen tarwe gaan, maar de boer is verdwenen. Hij denkt: de eerste man van Aleid. De enige man van Aleid. De vader van Aaltje. Hij vraagt zich af of Aleid haar eigen dochter heeft vastgehouden, of ze geweten heeft dat ze een dochter had. Hij vraagt zich af wat haar laatste woorden waren, wat het laatste is wat hij tegen haar heeft gezegd. Misschien 'Ik zal buiten op je wachten' of 'Rustig maar, Gezientje is hier' of 'Het komt allemaal goed, morgen ben je het vergeten'.

Hij weet het niet meer. Niet zoals de laatste woorden die hij met Geeske heeft gewisseld. Of het laatste wat hij tegen Gezientje heeft gezegd, wat hij altijd zegt als hij in de deuropening staat, klaar om weg te gaan.

'Tot ziens, mevrouw Bogemaker. God zegene u.'

En Gezientje antwoordt dan: 'Tot ziens, meneer Mulder. God behoede u.'

Het was niet zijn bedoeling geweest bij haar weg te blijven, maar hoe langer hij wegbleef, hoe duidelijker het voor hem werd dat hij een keuze moest maken. Sinds hij op het eiland woonde was er geen week voorbijgegaan dat hij niet op het vasteland was geweest. In het begin, toen hij nog vier nachten achter elkaar op zee verbleef, sliep hij vaak ook een nacht in de molen. Zijn moeder bakte dan koek voor hem, om mee naar het eiland te nemen of om op zee te eten. Je kon die goed bewaren. Later nam hij de gewoonte van de eilanders over om elke avond naar huis te keren, naar vrouw en kinderen. Al keerde hij in zijn geval alleen terug naar zijn vrouw. Het had Geeske volkomen verrast dat hij op een dag dat hij 's ochtends was uitgevaren, 's avonds alweer thuis was. Het had haar hoop gegeven. Ze had met haar rug naar het strand toe gestaan, pompend bij de dorpspomp. De mannen trokken een voor een hun bootjes op het zand, klommen de zeereep op met korven vol vis om te drogen en te roken en garnalen om te koken. Een enkeling nam mosselen mee. De wulpen weken uit, de meeuwen spiedden vanuit de lucht naar overblijfselen, hun snavels op de kruinen van de vissers gericht. Hij liep achter de anderen aan, priemde zijn ogen in haar rug en dacht: kijk om, kijk om. Maar ze had zijn blik niet op zich gevoeld en was de klim naar hun huisje begonnen. Hij bleef op afstand zodat ze hem niet zou horen en keek naar het stukje van haar hals dat zich af en toe tussen haar kapje en kraag liet zien. Ze ging hun huisje binnen en hij gluurde door het raam. Ze goot een deel van het water uit de emmer in een grote pan en ging daarna door de achterdeur naar buiten. Snel trok hij zijn laarzen uit, glipte naar binnen en ging op zijn stoel zitten. Even later kwam ze terug met uien en wortels. Het duurde even voor ze hem opmerkte.

'Je laat me schrikken!' zei ze met een sprongetje. De uien vielen uit haar handen en rolden over de grond. En hij had gelachen, kon niet ophouden met lachen, was opgestaan en had haar tegen zich aan gedrukt.

'Wat doe je hier?' had ze boos gevraagd, maar haar stralende ogen verraadden haar blijdschap. Hij nam haar kapje van het hoofd en gooide het op tafel. Hij streek met zijn handen door haar haren. Hij tilde haar op en legde haar in de bedstee. Haar klompen vielen met een bonk op de houten vloer. Hij trok zijn trui uit, gooide die over de leuning van de stoel en sprong de bedstee in. Hij sloot de deurtjes. Onze hut, dacht hij. Onze scheepshut op het droge.

Buiten het dorp liggen de boerderijen ver van elkaar verspreid. De woonhuizen lijken klein naast de grote opslagschuren voor graan en hooi, maar vergeleken met de huizen op het eiland zijn het paleizen. De geur van koeien en varkens komt Johannes tegemoet. Op het eiland zijn geen varkens. Koeien zijn een zeldzaamheid. Hij heeft zelf de eerste koe naar het eiland laten brengen, Rientje. Hij heeft Geeske geleerd hoe je een koe moet melken, hoe je boter en karnemelk maakt. Hij liet haar zien hoe je bruine bonen in karnemelk met spekjes en metworst klaarmaakt, met een scheutje stroop. Om je vingers bij af te likken! Johannes nadert het laatste korenveld. Daar voorbij beginnen de weilanden. Hoe vaak zou hij deze weg al gelopen hebben? Hoe vaak zal hij hem nog lopen? Hij neemt altijd de nieuwtjes uit het dorp voor haar mee. Wie er is gestorven, wie er is geboren. Hij ziet zijn moeder nog voor hem staan. Ze vertelt hem hoofdschuddend dat Gezientjes man een kind krijgt. Johannes is verheugd voor haar, maar ook bezorgd. Hij zegt: 'Ik hoop dat het goed afloopt. Dat de herinnering aan Aleid haar niet angstig maakt.'

Zijn moeder kijkt hem vreemd aan en dan beseft hij dat ze het niet over Gezientje heeft, maar over de nieuwe vrouw van haar man, en dat Gezientje nog steeds bij haar ouders verblijft. Waar anders? Als haar zus nog had geleefd, zou zij haar in huis hebben genomen, zou híj haar in huis hebben genomen. Hij gaat naar haar toe. Haar moeder doet open, ontvangt hem met tranen in haar ogen, heeft hem sinds de begrafenis van haar oudste dochter niet meer gesproken. Ze laat hem wachten in de keuken, waar hij ook altijd op Aleid heeft gewacht, komt terug en zegt: 'Gezientje is onwel. Ze kan je niet ontvangen.'

Ze ziet er vermoeid uit, oud. Ze schenkt melk voor hem in, brengt hem dikke plakken oudewijvenkoek. Ze spreekt over Aleid alsof ze elk moment de keuken in kan lopen, alsof ze niet al vijf jaar op het kerkhof ligt. Hij denkt: ik ben de enige schoonzoon die ze nog heeft en zelfs dat ben ik niet meer. Hij zegt: 'Mag ik nu naar haar toe?'

Ze staat zuchtend op, wenkt hem mee. Ze brengt hem naar Gezientjes kamer, sluipt zelf stilletjes weer weg. De deur is gesloten. Hij aarzelt. Dan opent hij hem voorzichtig en steekt zijn hoofd erom.

'Gezientje, ik ben het. Johannes.'

Ze ligt in een open bed, met een deken over zich heen geslagen en met haar gezicht naar de muur. Alleen haar haren zijn zichtbaar, en een klein stukje van haar hals. Ze verroert zich niet.

'Wees niet bedroefd, Gezientje.'

Hij doet een stap dichterbij, maar laat de deurknop niet los.

'Je hebt misschien geen kind, maar je hebt je leven.'

Hij ziet haar gestalte zachtjes op en neer deinen, het enige wat erop wijst dat ze ademt.

'Er zijn ook andere mannen in het dorp.'

'Wie wil er nu een barre vrouw,' zegt ze zonder zich naar hem om te draaien.

Johannes denkt aan Geeske. Hoe ze haar vader zo liefdevol verzorgt, hoe ze haar zusjes helpt met hun kinderen, hoe ze altijd blij is om hem te zien. Hoe ze elke avond op haar knieën zit en bidt. Hij verlaat de kamer en sluit zachtjes de deur achter zich.

Johannes kijkt naar de koeien in het weiland. Een voor een trekken ze naar de verste hoek en gaan ze liggen op het gras. Sommige staan nog te grazen, stouwen hun bek nog vol voordat ze de andere opzoeken. Achter het weiland ziet hij Gezientjes huis liggen. Je kunt vanaf hier ver kijken. Niet zoals op het eiland, waar je soms niet verder kijken kunt dan de volgende duin, of waar je, als je in de kwelder staat, niet verder kunt kijken dan de huizen die aan de zeereep staan aan de ene kant en het glooiende gras aan de andere kant. Je kunt niet verder kijken dan het eiland zelf. Maar als je dan aan de kust staat, is er niets dan water om je heen. De wind die altijd waait, je kleren en haren doet wapperen, alsof de lucht ademhaalt, zucht, briest. Toen hij net begon met varen, vergiste hij zich vaak en dacht hij telkens dat er storm op komst was. Hij leerde de wind te lezen.

Een van de grazende koeien gooit haar kop in haar nek en begint te loeien. Een koe die aan de andere kant van het weiland ligt antwoordt haar. Johannes ziet Gezientjes witte lakens aan haar waslijn hangen. Ze worden bol geblazen, als zeilen die de wind vangen en de kant op worden gestuwd die de wind voor ze uitkiest. Onwillekeurig begint Johannes sneller te lopen. Hij ziet haar voor zich hoe ze was toen hij haar voor het eerst opzocht nadat haar ouders waren gestorven en zij de vrouw des huizes was geworden. Hij denkt: ze is niet veel veranderd. Hij probeert zich voor te stellen hoe hij eruitzag, die keer dat hij bij haar aanklopte.

'Kom binnen,' zei ze, alsof ze niet verrast was om

hem na jaren voor haar deur te zien staan. Hij liep voor haar uit en wilde de keuken in gaan, maar ze ging hem voor naar de achterkamer. Het was er veranderd. Het leek groter, lichter. Ze had het zich eigen gemaakt. Ze serveerde hem thee en koek en vertelde hem over de varkens die ze hield, hoe ze de eerste keer niet durfde te kijken toen ze er een liet slachten.

'Maar nu houd ik mijn ogen altijd open, hoor.'

Ze keek naar de grond.

'De dorpelingen praten misschien niet met me, maar ze kopen wel mijn vlees. Iedereen weet dat mijn varkens de lekkerste speklappen geven.'

Daarna had ze naar hem gevraagd, of het hem goed ging. Hij had geknikt.

'Ik word dagelijks gezegend met een goede vangst.'

'En je gezin?'

'Ik heb een dochter van bijna vier.'

Ze was stil, had even weggekeken, en zei toen: 'Aaltje zou nu vijftien zijn geweest. Ik zie haar nog voor me. Zo klein, maar zo volmaakt.'

Hij schraapte zijn keel.

'Ik heb me vaak afgevraagd waarom ze niet mochten blijven leven. Jouw nichtje. Jouw zus.'

'Jouw dochtertje. Jouw vrouw.'

Die leven, dacht hij, die leven. Hij stond op. Gezientje bleef zitten. Ze keek naar zijn trui. Naar de visgraten en het godsoog. Ze keek naar de initialen op zijn rechtermouw, de J en de G.

'Het is tijd om te gaan,' zei Johannes.

'Je mag ook blijven,' zei Gezientje. 'We zouden even kunnen gaan liggen. Als je wilt.'

Johannes opende zijn mond om iets te zeggen,

maar hij wist niet wat en drukte zijn lippen weer op elkaar. Gezientje keek hem recht in de ogen, gebaarde met haar hoofd naar zijn trui.

'De J van Johannes en de G van Gezientje...'

'Ik kan het niet,' zei hij uiteindelijk.

'Vanwege je vrouw,' zuchtte Gezientje.

'Nee,' zei Johannes. 'Vanwege Aleid.'

Niet alleen zijn stappen gaan steeds sneller, ook zijn ademhaling. Hij loopt het pad op naar haar voordeur. Hij denkt: in al die jaren heb ik U nooit aangeroepen. Elke storm heb ik met vertrouwen getrotseerd. Ik heb het leven aanvaard zoals U het mij gebracht heeft. Nu vraag ik U: geef mij een teken. Geef mij een teken, o Heer.

Met gebalde vuisten bonst hij op Gezientjes deur.

OP DE UITKIJK

Wanneer ze de achtertuin betreden, horen ze het zachte gekloek van de kippen die zich in de bosjes hebben verscholen. Met hun poten krabben ze wat aarde weg en maken ze een ondiep holletje. Ze schuiven wat heen en weer met hun achterste voordat ze zich erin nestelen. De haan loopt langs hen heen en weer, als een man die door zijn kamer ijsbeert, zijn handen in elkaar grijpend op zijn rug, en voegt zich pas bij de kippen als ze allemaal zitten. Geeske laat haar klompen buiten staan en gaat op blote voeten naar binnen. Gezientje zet haar klompen naast die van Geeske en trekt haar vuile kousen uit. Ze hoort het geritsel wanneer het zand en vuil op de grond vallen. Haar kousen voelen vochtig aan. Ze loopt even naar de pomp achter in de tuin en spoelt haar voeten af, peutert met haar vingers het zand tussen haar tenen weg. Met de zoom van haar onderrok droogt ze haar voeten. Ze spoelt haar kousen uit, wringt er zoveel mogelijk water uit en hangt ze over de spuit van de pomp, waar ook een luier hangt te drogen. Wanneer ze het huisje binnengaat, staat Geeske bij het raam. De zon staat lager, het felle licht heeft plaatsgemaakt voor een gouden glans, die het gezicht van Geeske een warme gloed geeft.

'De eerste boten keren terug.'

Gezientje komt bij haar staan. In de verte ziet ze

drie bootjes. Vanaf hier lijken het net zwarte kisten die op de golven drijven.

'Kun je ze vanaf hier herkennen?'

'Nee. Nu nog niet.'

Ze denkt: maar meestal is hij een van de eersten die voet aan land zetten, een van de eersten die naar huis keren. Nog even en ze zal kunnen zien welke bootjes het zijn, of het Aaltje is die door de wind naar huis gedreven wordt. Ze herinnert zich de doop van Johannes' boot. De kleurige linten dansten in de wind, de boot glom. Johannes was aangedaan toen hij de naam onthulde, zocht achter haar rug haar hand. De andere vrouwen keken haar schuin aan, maar zij wendde haar blik af. Ze hadden geen kind gehad om te vernoemen en toen Johannes haar zei dat hij de boot naar zijn overleden dochtertje wilde vernoemen, had ze niet het hart om nee te zeggen, om hem te vragen of hij de boot niet naar haar wilde vernoemen. Misschien zal hij nu over haar vertellen, dacht ze. Misschien vertelt hij me hoe het was. Maar verder dan dat zijn vrouw en dochtertje in het kraambed waren gestorven kwam hij niet.

De bootjes zijn dichterbij gekomen, vormen een rij aan de kim, maar eentje begint uit te wijken. Geeske herkent het bootje van haar neven Hinrik en Jantje, en de boot van Goffe. Hij is zijn koers aan het wijzigen, zal de anderen achter zich laten om aan te meren bij de verre baai, zodat hij minder ver hoeft te lopen en sneller thuis is. Hij wil Marrigje niet weer laten wachten, denkt Geeske, zoals hij gisteren heeft gedaan. Morgen zal hij er alleen op uit trekken om zich later bij de anderen te voegen. Ze strekt haar nek uit en knijpt haar ogen samen om de vorm en kleur van het derde bootje te onderscheiden. Het is Sietske, de boot van Jorrit. Er ontsnapt haar een zucht.

'Zit Johannes erbij?' vraagt Gezientje. 'Is een van die boten van hem?'

Geeske schudt haar hoofd. Het lijkt of haar wangen meer zijn gaan hangen, alsof de huid op haar jukbeenderen losser is komen te zitten.

'Laten we naar buiten gaan,' zegt ze.

Ze stapt zonder haar klompen aan te doen de deur uit en loopt langs haar huisje naar het einde van de zeereep, waar de duinen overgaan in het binnenland en het hoge gras begint. Ze gaat zitten, spreidt haar rok om haar heen en kijkt uit over de zee. De zeemeeuwen hebben de bootjes in de gaten gekregen en zijn uitgevlogen. Ze stijgen en laten zich even meedrijven op de wind, voordat ze zich een eindje laten vallen in de lucht. Tot steeds dichter bij de vissers. De echo van hun krijsen weerklinkt op het eiland. Gezientje gaat bij haar zitten, verscholen in het gras, onzichtbaar voor de vrouwen die in hun deuropening staan met hun breiwerk in hun handen terwijl ze de horizon nauwlettend in het oog houden, onzichtbaar voor de dochters die water halen bij de pomp, hun rug naar de huizen gedraaid, hun blik op de zee, onzichtbaar voor de moeders die van het fornuis naar het raam wandelen en weer terug om in de soep te roeren. Onzichtbaar voor de mannen, vaders en zonen die na een lange dag terugkeren naar hun eiland.

Op het strand zoeken de kanoetstrandlopers nog ongestoord naar voedsel. Ze boren hun puntige snavels in het zand en trekken nonnetjes uit hun schuilplaatsen. Roze en gele schelpjes worden leeggepikt. Op het water dobberen de aalscholvers, die beurtelings onder water duiken, zo lang beneden blijven dat je bang bent dat ze niet meer boven water zullen komen, maar dan ineens het water uit schieten met hun snavel vol vis, die ze dan in één keer doorslikken. Daar gaan ze weer. En nog een keer. Gezientje kijkt van de meeuwen in de lucht naar de aalscholvers op het water en de kanoeten op het strand.

'Ik heb Johannes zo vaak gevraagd om te vertellen hoe de zee eruitziet, maar hij heeft het me nooit kunnen zeggen. Nu begrijp ik pas waarom niet. Het is niet alleen het water. Het is alles eromheen. De wind die het zand tegen je wangen blaast, de geluiden van de golven en de vogels, de smaak op je lippen. Hij heeft altijd gezegd dat hij mij een keer mee zou nemen, dat hij me de zee zou laten zien.'

Ze kijkt naar Geeske, maar die kijkt recht voor zich uit, haar handen liggen stil in de plooien van haar schoot.

'Er komen nog meer boten aan.'

Gezientje kan ze nauwelijks onderscheiden, merkt ze alleen op omdat Geeske haar erop wijst. De andere boten zijn zo dichtbij gekomen dat ze de vissers erin kan zien zitten, behalve die in de boot die niet op hen afkomt, maar afbuigt naar de verre baai. In een van de boten zitten twee mannen, in de andere boot is de man alleen. Ze ziet iets schitteren in de manden naast hem. Ze richt haar blik op de aankomende boten en wacht af. Geeske heeft nu ook de andere boten herkend, ook al zijn ze nog zo ver weg. Ze blijft zitten

waar ze zit, verroert zich niet. Een van de schoon-
zoons van Jakob de Oude zit erbij, de mannen van
Hattie en Fenne samen in hun boot, Ada's jongere
broer. Ze zullen hun bootjes het strand op slepen, de
vis die ze niet verkocht hebben mee naar huis nemen
om te drogen of te roken. Ze zullen hun vuile kleren uittrekken en zich wassen in de tobbe die hun
vrouwen of moeders met fris en helder water hebben
gevuld. Ze ziet Johannes' rug voor zich, zijn schouderbladen die uitsteken terwijl hij voorovergebogen
zit en zij hem wast. Zijn kin hangt op zijn borst, zijn
haren plakken aan zijn nek en wangen. Zij doopt de
waslap in de tobbe, wrijft de zeep er met ferme slagen
in en schrobt haar man. Ze schuift de haren in zijn
nek opzij en schrobt zijn hals, ze tilt zijn armen op,
ze volgt de lijn waar zijn ribben samenkomen naar
zijn navel en schaamhaar. Het waslapje heeft zich alweer met water gevuld en ze boent zijn knieën. Ze
hoort het water van het lapje druipen en in de tobbe
klateren. Langzaam neemt het water de geur aan van
vis, zweet en olie, wordt de geur losgeweekt van Johannes' huid. Ze staat voor hem. Er drupt water op
de vloer. Hij heeft zijn ogen gesloten.

Geeske kromt haar tenen en strekt meteen daarna
haar voeten. Een tinteling begint vanuit haar tenen
naar boven te kruipen. Haar been is gaan slapen. De
prikkeling neemt nu ook haar andere been over. Ze
weet dat ze moet bewegen om het gevoel tegen te
gaan, om de prikkeling te laten verdwijnen, maar het
liefste blijft ze roerloos zitten. Ze denkt: voelt het
zo om langzaam in zout te veranderen? Ze ziet een

vrouw voor zich die rent en rent en dan ineens stilstaat om achterom te kijken. Misschien kijkt ze om
zodat ze zich nooit meer iets zal hoeven herinneren,
denkt Geeske en staat vlug op om de prikkeling uit
haar benen te stampen. Gezientje gaat ook haastig
staan, duwt zich met haar handen omhoog. Ze kijkt
snel van Geeskes gezicht naar de zee.
    'Heb je hem gezien? Komt hij eraan?'
    'Nee,' zegt Geeske. 'Zijn boot zit er niet bij.'
    Haar benen prikken. Ze knijpt haar kuiten, haar
pezen. Wanneer ze weer rechtop gaat staan, ziet ze
dat Dirk eraan komt. Hij en zijn broer gaan hard, varen de boot van haar zwagers voorbij. Hij is op tijd,
denkt ze. Als er nu iets gebeurt dan is Dirk er tenminste. Trijntje is niet alleen. Gezientje staat achter haar, steekt boven haar uit. Geeske zwaait naar
Dirk. Hij zwaait niet terug, maar wuift even later
halfslachtig zijn hand losjes in de lucht. Hij weet
niet zeker of ik het ben, denkt Geeske. Of met wie
ik hier sta. Het begint harder te waaien. De meeuwen worden door windvlagen vooruitgeblazen. Ze
houden hun vleugels gespreid, verzetten zich niet
en laten zich meevoeren. De zeilen bollen op. Ze
hoort hun geklapper zodra ze dichter bij het strand
komen. De mannen zwaaien hun benen over de rand
van hun boot, waden door de golfjes in de branding.
Witte schuimlaagjes verzamelen zich om hun laarzen. Ze trekken hun bootjes ver het strand op, zodat
het water ze vannacht als het weer vloed is niet mee
kan sleuren. Ze lopen met manden in hun armen de
duin op, verdwijnen door de openstaande deuren in
hun huisjes. Dirk groet de andere mannen en loopt

zo hard hij kan naar huis. Hij moet zijwaarts zijn huis betreden omdat hij anders met de volle korven niet naar binnen kan. De wind duwt Geeskes rok tegen haar benen, blaast de rok opzij alsof ze haar eigen zeil met zich meedraagt. Een blauw, baaien zeil. Wie dichterbij zou staan, zou haar enkels zien. En die van Gezientje. Overal sproeten, denkt Geeske. Geen huidplooi onbedekt.

De boten blijven komen, verschijnen klein aan de horizon en koersen naar het eiland. Het strand wordt bedekt met boten. De meesten zijn nu thuis of komen er in ieder geval aan. De boot die ze wil zien, ziet ze niet. Maar ze is blij als Jochem komt aangevaren. Ze stapt dichter naar de rand van de zeereep toe, plet het helmgras onder haar zolen. Gezientje staat vlak achter haar. Ze voelt haar adem in haar nek. Warm, warmer dan de lucht om haar heen. Ze hoort hoe Gezientje door haar mond ademt, na de geluidloze inademing de ruisende ademstoot wanneer ze uitademt – in, uit, in, uit. Even verwacht ze dat Gezientje haar armen om haar heen zal slaan, haar vingers in haar schoot ineen zal strengelen, haar hoofd over haar schouder gebogen als in gebed, maar ze blijft achter haar staan zonder Geeske aan te raken.

'Het is mijn broer,' zegt Geeske.

'Moeten er nog veel komen?' vraagt Gezientje.

'Nee. Bijna iedereen is er al.'

Jochem vaart nu naast Ada's zonen. Hij zegt iets tegen ze, maar Geeske kan niet horen wat. Wanneer hij een paar meter van de kustlijn is verwijderd, springt hij uit zijn boot. Ada's zonen springen ook. Het water spat omhoog, raakt ze in hun gezichten. Ada's oudste zoon helpt Jochem zijn bootje het strand op te slepen. Hij zegt iets en Jochem knikt. Zijn twee broers trekken hun eigen boot het zand op. Jochem zakt door zijn knieën. De spieren in zijn bovenarmen bollen op terwijl hij de boot versleept. Ada's zonen groeten hem en verlaten het strand. Haar oudste zoon sjokt achteraan met hangend hoofd. Jochem kijkt haar kant uit, laat een van de korven met vis in zijn bootje staan en neemt de andere mee. Hij loopt niet door de duinen, maar loopt langs het strand haar richting op, de korf in zijn arm geklemd.

'Zus!' roept hij.

En nog eens: 'Zus!' wanneer ze wel zijn kant op kijkt, maar niet zwaait. Nu doet ze dat wel. Een lange, langzame uithaal in de lucht. Jochem versnelt zijn pas. Dan staat hij onder haar. De zeereep is tamelijk steil. Hij zet de punten van zijn laarzen vast in het zand en klimt naar boven, steun zoekend met zijn vrije hand. Het zand onder zijn voeten glijdt weg en hij komt niet verder. Geeske steekt haar hand naar hem uit en trekt, maar hij is te zwaar. Gezientje pakt zijn pols met beide handen vast en trekt mee. Samen trekken ze hem de zeereep op. Jochem zet zijn korf met vis op de grond.

'Dit is Jochem,' zegt Geeske. 'Jochem, dit is mevrouw Bogemaker.'

Gezientje steekt haar hand naar hem uit.

'Hoe maakt u het.'

'Ik zal u maar geen hand geven,' zegt Jochem. 'Ik heb mijn handen nog niet kunnen wassen.'

'Heeft u veel gevangen?'

Jochem knikt.

'Het is een goede dag geweest. Deze zijn voor jou.'

Geeske kijkt naar de glimmende vissen met hun eeuwig geopende ogen. Zwemmend, slapend, in de dood. Ze worden nooit gesloten.

'Neem ze maar mee voor de anderen. Die hebben meer monden te voeden.'

Jochem kijkt naar Gezientje. Geeske volgt zijn blik.

'Mevrouw Bogemaker moet weer terug naar de overkant. Kun jij haar brengen?'

Jochem schudt zijn hoofd.

'Ik zou wel willen, maar... Moet je kijken.'

Hij draait zich om en wijst naar de lucht. In de verte komen regenwolken aangezet. Een donker gevaarte, dat de slierterige witte wolken verdrijft. De meeuwen vliegen laag. De aalscholvers hebben zich op het strand verzameld. De laatste vissers komen het eiland tegemoet. Er verschijnen geen boten meer aan de horizon.

'Niemand gaat nu nog die kant op.'

Hij kijkt van Geeske naar Gezientje.

'Brengt u nieuws van de overkant?'

'Nee. Ik wilde dat ik u meer kon vertellen, maar ik heb ook niets van hem gehoord.'

'Heb jij niets gezien, Jochem?'

Hij legt zijn hand op haar schouder. Zijn handen zijn groot. Zijn duim ligt op haar sleutelbeen, zijn pink spant om haar bovenarm. Hij zegt: 'Morgen is het zondag. De dominee komt. We zullen met hem overleggen wat we moeten doen.'

Hij knijpt haar even voordat hij haar loslaat.

Hij pakt de mand met vis op.

'Weet je zeker dat je niets wilt?'

'Ja, geef het maar aan Mina. Of Hattie en Fenne als die het nodig hebben.'

Hij zet de korf op zijn schouder en houdt hem met één hand vast.

'Morgen zal ik u naar de overkant brengen, mevrouw Bogemaker. Als de storm is gaan liggen.'

'Dank u. Tot morgen!'

Jochem draait zich om en daalt af naar zijn huis. Geeske gaat haar eigen huis binnen en neemt Gezientje met zich mee. De warme, bedompte lucht komt hun tegemoet. Gezientje wappert met haar hand, wuift zich wat lucht toe. Geeske zet haar voordeur en haar achterdeur tegen elkaar open. Ze staat in het midden van de kamer en de wind raast naar binnen. Hij licht haar rokken een eindje op, blaast het zand en het stof van de vloer langs haar benen naar buiten toe. Het schuurt haar enkels. Zoutkorrels, denkt ze, een pilaar die uiteenvalt en wordt meegevoerd door de wind. Het klinkt als het geruis van de zee in een schelp die je tegen je oor houdt. Dan sluit ze de deuren weer en is het stil.

SCHEMERING

Het begint donkerder te worden, door de storm die steeds dichterbij komt en door de avond die gaat vallen. Gezientje staat bij het raam en merkt niet dat ze door Geeske wordt bekeken. Ze haalt langzaam haar handen naar haar hoofd, zoekt met haar vingers de speldjes waarmee ze haar kapje heeft vastgemaakt. Ze trekt ze er een voor een uit en neemt het kapje van haar hoofd. Haar rossige haar valt op haar schouders. Ze doet de speldjes in haar kapje, dat ze als een zakje ondersteboven houdt, en kamt met haar vingers door het haar. Ze wil het kapje in de zak van haar rok steken, maar die is te vol. Ze graait erin en komt er met een handvol schelpen uit. Een nonnetje, een noordhoren, de strandgaper. Ze legt ze in het raamkozijn voor zich neer. Het nonnetje naast een nonnetje dat er al ligt. Twee gele schelpjes naast elkaar. Ze propt haar kapje alsnog in haar zak. Dan ziet ze dat Geeske naar haar kijkt. Ze wil iets zeggen, maar Geeske is haar voor.

'Heeft hij iets gezegd, de laatste keer dat u hem zag?'

'Nee. Hij zei wat hij altijd zegt. Tot ziens. Ik dacht dat ik hem weer zou zien. Of eigenlijk dacht ik niets. Het was zo vanzelfsprekend dat hij er was, dat ik daar nooit over na hoefde te denken.'

'Hoe vaak kwam hij? Hoe vaak zag u hem?'

'Elke week. Hij komt elke week.'

'Hoe lang?'

'Een paar uurtjes, twee, drie. Niet langer.'

'Ik bedoel, sinds wanneer?'

'Ik weet het niet precies. Sinds jaren. Jullie dochter was nog klein.'

'Maar we hadden al wel een dochter?'

Gezientje knikt.

'Ze was twee of drie. Ik dacht dat er meer zouden volgen. Dochters. Zonen.'

'Ja. Dat dacht ik ook.'

Ze denkt: Trijntje was al geboren. Hij had al een kind en toch ging hij naar haar toe. En is hij naar haar toe blijven gaan. Elke week. Maar 's avonds komt hij thuis. Elke avond is hij thuis. Was hij thuis. Hij was niet bij haar. De afgelopen nachten was hij niet bij haar.

'U heeft hem de afgelopen drie weken niet gezien?'

'Nee. Voor het eerst in zeventien, misschien achttien jaar is hij niet op komen dagen.'

Zeventien, achttien jaar, denkt Geeske. Een heel mensenleven. Jochems hele leven. Was Johannes bij haar toen Jochem werd geboren?

Geeske loopt terwijl ze haar schort omknoopt naar het fornuis. Ze tilt het deksel van de koekenpan met kibbeling. De stukjes vis zitten vast in het hard en wit geworden vet. Ze draait ze een voor een om met een vork. Met een zwavelstokje steekt ze de kolen aan en pookt het vuur op. Gezientje komt achter haar staan.

'Laat mij u helpen. Laat mij dan in ieder geval van enig nut zijn.'

Geeske overhandigt haar de pook en de vork.

'Zorg dat het vuur niet uitgaat.'

Ze steekt het half afgebrande zwavelstokje in het vuur en wacht tot het vlam heeft gevat. Ze loopt naar de tafel en steekt de olielamp aan. Ze draait het lontje niet te ver naar boven, zodat het vlammetje klein blijft, maar groot genoeg om het fornuis te verlichten. Uit de voorraadkast pakt ze aardappels en bloemkool. Dan loopt ze naar de achterdeur, glipt in haar klompen en pakt de emmer, die onder het achterraam staat. De poetsdoek, die nog over de rand ligt, is droog en ze vouwt hem op voordat ze hem in de zak van haar schort steekt. Een vogel fladdert op. Ze ziet nog net zijn rode snavel voordat hij achter het dak van haar huis verdwijnt. Het is veel koeler geworden en ze rilt. De kippen houden zich stil, sluiten bij het vallen van de avond meteen hun ogen en zullen ze pas bij het opkomen van de zon weer openen. Ze loopt naar de pomp en zet de emmer neer. Gezientjes kousen en Geesjes luier hangen eraan te drogen. De luier is al droog, maar Gezientjes kousen zijn nog vochtig en ze stopt ze in haar zak, bij de poetsdoek, om zo weer mee naar binnen te nemen. Ze begint te pompen. Het water gutst de emmer in. Ze houdt even stil, kijkt achterom. Dan zwengelt ze nog een keer aan de hendel, maar ze laat hem los wanneer ze weer iets hoort. Ze doet een stap achteruit.

'Is daar iemand?'

Er klinkt geritsel van achter de rookkast. Ze fluistert: 'Johannes?'

Ze doet een paar stappen naar voren.

'Johannes?'

'Ssst!'

Een hand trekt haar aan haar pols naar de rookkast toe. Ze struikelt, valt met haar hoofd tegen iemands borst. Haar kapje schuift van haar hoofd, valt achter haar op de grond. Ze doet een stap naar achteren om op te kunnen kijken en trapt haar kapje de grond in.

'Jorrit! Wat doe je hier?'

Ze probeert haar arm weg te trekken, maar hij sluit zijn vingers steviger om haar pols, trekt haar naar zich toe. Ze stommelt naar voren. Hij zet zijn klomp op de zoom van haar rok, dwingt haar naar zich toe.

'Je hebt me nooit echt een kans gegeven, Geeske. Nu kan het.'

'Nee, Jorrit.'

'De vierde dag, Geeske. Hij komt niet meer. Leg je erbij neer.'

'Ik heb me nooit ergens bij neergelegd.'

'Een molenaar, Geeske. Hij heeft het nog lang volgehouden, dat moet ik hem nageven, maar uiteindelijk kan een molenaar de zee niet bedwingen. Je had er nooit aan moeten beginnen. Hij hoort hier niet. Heb ik geen gelijk? Hij is weg. Ik ben hier. Kijk me aan, Geeske.'

Ze draait haar hoofd niet naar hem toe, alleen haar ogen.

'Ik had je zonen gegeven en meer dan één dochter. Een echt vissersgezin. Het is nog niet te laat, Geeske.'

'Laat me los!'

Met haar ene hand duwt ze tegen zijn borst, de

232

andere probeert ze uit zijn greep te krijgen. Hij pakt haar kin vast, maar ze keert van hem weg, schopt hem hard tegen zijn scheen. Zijn vingers springen open, ze valt een stukje naar achteren. Haar rok glipt van onder zijn zool vandaan, springt een eindje omhoog voordat hij zich weer schikt. Ze wrijft over haar pols, de rode striemen van zijn greep verborgen onder haar vingers.

'Laat me los, Jorrit.'

Ze staan tegenover elkaar. Geeskes kapje ligt tussen hen in. Ze grist het van de grond. Het is besmeurd met aarde en grasvlekken. Ze slaat er een paar keer mee tegen haar rok. Een grote druppel valt op haar neus. En nog een en nog een. Het begint te regenen. Jorrits haar plakt tegen zijn gezicht. Ineens horen ze een geluid. Ze staan stokstijf stil. De achterdeur wordt opengedaan. Jorrit duwt zichzelf in de rookkast, maakt zich zo klein mogelijk. Ze horen geschuifel. Geeske houdt haar adem in.

'Mevrouw Mulder? Mevrouw Mulder?'

'Ik kom eraan! Blijft u maar binnen. Het begint te regenen.'

Geeske draait zich om en gaat naar de pomp om de halfvolle emmer tot aan de rand te vullen. Ze loopt met de emmer in haar ene hand en haar kapje in de andere terug. Ze blijft voor zich uit kijken, maar ziet Jorrit vanuit haar ooghoek achter de rookkast staan. Gezientje staat in de deuropening en houdt de deur voor haar open. Binnen zet ze de emmer op de grond en veegt ze met haar kapje het zweet van haar voorhoofd. Het laat een vuile streep achter op haar huid, de aarde die zich naar haar rimpels voegt. Gezien-

233

tje doet de deur dicht. De regen klettert op het dak. Geeske staat bij de deur. Ze haalt heel diep adem en zegt: 'Ik ben Geeske. Noem mij Geeske.'

Gezientje strekt haar hand naar Geeske uit.

'Ik ben Gezientje.'

Geeske pakt haar uitgestoken hand met beide handen vast en schudt. Ze denkt: de vierde dag. Op de vierde dag schiep God de zon en de maan. En in haar hoofd maakt de dominee haar zin af: '...om te heerschen in den dach, ende in de nacht, ende om scheydinge te maken tusschen het licht, ende tusschen de duysternisse.'

Ze laat Gezientjes hand weer los.

Op tafel liggen de aardappels geschild en de bloemkool opgebroken in roosjes. Gezientje doet ze in de pan met water, die Geeske op het fornuis heeft gezet. Het huis vult zich met de geur van gebakken vis. Geeske draait het lontje van de olielamp op tafel omhoog zodat het huis oplicht. Ze dekt de tafel met het goede servies. Gezientje zet het eten op tafel en gaat zitten op Johannes' stoel. Geeske zit tegenover haar en schept op. Gezientje prikt een stuk kibbeling op haar vork, brengt het naar haar mond, en is al halverwege, wanneer Geeske haar handen vouwt. Ze legt de vork neer.

'Here, zegen deze spijzen. Amen,' zegt Geeske.

'Amen,' zegt Gezientje.

Ze stopt een groot stuk kibbeling in haar mond. Ze likt haar lippen af, wacht niet totdat ze haar mond heeft leeggegeten.

'Verrukkelijk! Johannes brengt wel eens vis voor

me mee, maar zo lekker heb ik het nog niet gegeten.'

'Ik zal morgen nog wat voor je maken. Om mee naar huis te nemen.'

Gezientje prikt aardappels en bloemkool op haar vork. Zonder kapje, met haar haren los, lijkt ze jonger. Geeske ziet de olielamp in haar pupillen gereflecteerd, alsof ze sterren in haar ogen heeft.

'Die jongen die mij terug zal brengen naar het vasteland, wat lijkt hij op jou! Als ik niet beter wist, zou ik zeggen dat hij jouw zoon was.'

'Nee, mijn broertje.'

'Hij is nog zo jong!'

'Ja,' zegt Geeske. 'Hij is nog jong.'

Het eten is op. Gezientje heeft haar bord leeggeschraapt. Ze stapelt de borden, legt het bestek erop. Voordat ze opstaat, kijkt ze naar Geeske. Die heeft haar ogen gesloten, haar vingers zijn ineengestrengeld. Ze zegt: 'Ik dank u, Heer, voor alles wat u mij gegeven heeft. Ik dank u voor de mensen met wie ik dat alles heb mogen delen. Wilt u hen, die ik liefheb, behoeden. Amen.'

Ze opent haar ogen.

'Amen,' zegt Gezientje, zonder te knipperen.

Geeske doet de afwas in de emmer. Gezientje droogt af en zet alles op tafel. Geeske schrobt de koekenpan schoon totdat hij weer glanst. Ze wast haar handen totdat ze niet vettig meer aanvoelen en bergt alles op. Even staat ze bij de kast met het mooie servies.

'Zou je misschien wat voor willen lezen?'

'Natuurlijk!' zegt Gezientje.

Geeske pakt de bijbel tevoorschijn. De kaft ligt vol

met stof. Met haar hand strijkt ze eroverheen. Het vuil blijft plakken aan haar vingers en ze probeert het zoveel mogelijk van haar handen te wrijven. Ze legt het zware boek op tafel om erin te kunnen bladeren. Ze weet welke afbeelding ze zoekt. De pagina's zijn flinterdun. Ze ziet haar vingers erdoorheen schijnen. Ze slaat de bladzijden voorzichtig om totdat ze haar ziet. Een vrouw in de woestijn, die tegen een rots aan leunt, met een jongen die zijn hoofd in haar schoot legt. De vrouw kijkt smekend naar boven. Geeske overhandigt Gezientje het boek, dat in haar openge-vouwen handen ligt. Gezientje begint te lezen.

'Doch Sarai Abrams huysvrouwe en baerde hem niet: ende sy hadde eene Egyptische dienstmaecht...'

'...welcker naem was Hagar,' zegt Geeske.

Samen lezen ze over Sarai, die Sara werd, en over haar slavin Hagar. Over de zonen die zij baarden van dezelfde vader. Soms maakt Geeske Gezientjes zin-nen af, soms luistert ze alleen, verwonderd, omdat ze Sara en Hagar altijd alleen uit de monden van mannen heeft horen spreken, de dominee, Johan-nes. Soms praten ze tegelijkertijd, Gezientje leest voor en Geeske draagt de woorden voor waar ze al zo vaak naar heeft geluisterd. Totdat Abraham zijn vrouw beweend en begraven heeft. Gezientje strijkt de bladzijden glad en slaat de bijbel dicht. Ze zegt: 'Hij kwam bij zijn vrouw terug en hij bleef bij haar.'

'Ja,' zegt Geeske. 'Hij bleef bij haar tot aan haar dood.'

Het is donker geworden. In de verte begint het te donderen. Het mooie servies ratelt in de kast. Ge-zientje legt de bijbel op tafel. Geeske houdt een kaars bij de olielamp, wacht tot het lontje heeft vlam gevat. Ze opent de bovenste helft van de voordeur en meteen is haar kaars uitgeblazen. Ze hangt over de deur heen om de lamp van het haakje te halen en doet de deur weer dicht. Ze neemt de lamp mee naar binnen, steekt hem aan en gaat weer terug om hem aan de buitenmuur te hangen. De anderen hebben hun lichten al aangestoken. Trijntje en Dirk, haar zusjes Hattie, Fenne en Mina, Jochem, Jorrit en Jikke, Marrigje en Goffe in hun huisje aan de verre baai. De wind waait de regen naar binnen. Geeske kijkt uit over de zee. De golven zijn hoog, de witte schuimkoppen storten naar beneden. Het geluid mengt zich met het kletteren van de regen. De lucht is nauwelijks van het water te onderscheiden, als een oervloed die de aarde bedekt. Ze denkt: hij is met ergere stormen thuisgekomen, en sluit de deur. Ze veegt de regendruppels van haar gezicht. Schipper naast God, denkt ze. Schipper naast God.

Gezientje zit in de tobbe, die Geeske voor haar heeft gevuld met emmers koud water uit de pomp en ketels kokend water. Ze hangt met haar hoofd in de stoom die uit de tobbe omhoogrijst. Haar knieën heeft ze opgetrokken om goed in de tobbe te passen. Ze wrijft een spons met zeep in totdat het schuimt en dan schuurt ze het zand en het zout dat zich gedurende deze dag op haar lichaam heeft verzameld van zich af. Van haar schouders tot aan haar tien vingers, van haar sleutelbeen tot aan haar liezen, van haar dijen tot aan haar tien tenen. Ze beweegt zich van sproet naar sproet. Dan wast ze haar gezicht en hals. Ze vult de spons met water, knijpt die uit boven haar hoofd. Het water glijdt langs haar wangen terug de tobbe in. Het schuim uit de spons blijft drijven op het oppervlak, zoals het schuim in de branding vlak voordat het op het strand wordt achtergelaten. Ze tilt haar voeten op, zet ze naast de tobbe neer en gaat op haar rug liggen. Haar haren waaieren uit in het water.

Geeske heeft een stapeltje nachtkleding in haar handen. Wit katoenen ondergoed en een nachthemd. Tussen het fornuis en de tafel heeft ze een laken opgehangen en wanneer ze ernaar kijkt, ziet ze de schaduw van Gezientje, die zich met lange halen aan het wassen is. Haar knieën steken hoog boven de tobbe uit. Ze denkt: ze zal er nooit in passen, legt het nachthemd terug in de kast en pakt er een van Johannes voor in de plaats.

'Ik leg het hier voor je neer,' zegt ze en licht heel even een punt van het laken op om het stapeltje kleding bij haar neer te leggen.

Ze pakt het beddengoed uit het kastje en begint de kleine bedstee op te maken. Ze trekt het onderlaken strak, stopt de deken in en klopt het kussen op. Buiten hoost het en in de verte hoort ze het donderen. Ze zal vannacht de deken nodig hebben.

In al die jaren, denkt Johannes, in al die jaren heb ik nooit voor een dichte deur gestaan. Ze heeft mij altijd met open armen verwelkomd, stond mij buiten op te wachten of was achter op het erf, bij de varkens. Hij is om het huis heen gelopen en toen hij haar nergens zag, is hij naar binnen gegaan. Hij heeft in elke kamer gekeken, heeft voorzichtig alle deuren geopend, maar ze was er niet. Alles was aan kant. Niets wees erop dat ze plotseling was vertrokken. Hij ging nog een keer naar buiten, dacht dat hij niet goed gekeken had. Maar ze was nergens te bekennen. Hij denkt: ik heb haar nooit de zee laten zien. Een donderslag siddert door de lucht, de regen komt met bakken uit de hemel. Hij begint harder te lopen.

Gezientje stapt uit de tobbe. Water drupt van haar haren op de grond, verdwijnt in de kieren van de vloer. Ze pakt de handdoek, die Geeske voor het fornuis heeft gehangen om hem op te warmen. Ze wrijft zich droog en trekt het ondergoed aan. Het zit haar strak. Dan hijst ze zich in het nachthemd. Ze wil het hemd dichtknopen, maar grijpt naast de knopen. Ze zitten aan de andere kant. Ze knoopt het hemd met haar linkerhand dicht. Ze hangt haar handdoek weer voor het fornuis en haalt het laken dat tussen Geeske en haar in hangt naar beneden. Ze vouwt het op en legt het op tafel. Ze pakt haar kleren op en legt ze bij haar mandje op de stoel bij het raam.

Geeske ziet hoe het laken op de grond valt en Gezientje tevoorschijn komt. Een rijzige, witte gestalte. Johannes' nachthemd reikt tot aan de grond. Ze legt het opgevouwen laken op tafel. Haar natte haren laten een spoor van druppels achter wanneer ze naar het raam loopt om haar kleren weg te leggen. Geeske denkt aan het spoor van nonnetjes dat Geesje vanmorgen heeft gelegd. En ze denkt aan het gele nonnetje in Gezientjes hand. Haar grote, sproeterige handen. Ze schuift de wastobbe naar de achterdeur, opent het onderste gedeelte en kiept het water eruit. Ze laat de tobbe buiten staan. De regendruppels kletteren erin en het geluid vermengt zich met de aanhoudende regen en donder. Ze sluit de onderdeur weer. Haar haren zijn doorweekt. Ze voelt een druppel langs haar nek in haar kraag verdwijnen en naar beneden glijden, naar het holletje van haar onderrug.

De kinderkopjes op de kade glinsteren in de regen. Rennende voeten laten het water opspatten van de kleine plasjes die zich op de keien hebben verzameld.

Een enkele visser loopt nog met een mand vol vis op zijn schouder richting het dorp. Visleursters proberen zich te beschermen door een krant boven hun hoofd te houden. Hun rokken zuigen het water op, maken het rennen moeilijker. De kroegbaas houdt de deur open.

'Kom snel binnen!'

Een walm van warmte en etenslucht wuift Johannes tegemoet. Hij staat stil, kijkt van de kroeg naar de kade.

'Schiet op, man! Wat sta je daar nou?'

Johannes roept hem toe, maar de donder overstemt hem. Er komt een man bij de kroegbaas staan, een van de vissers van het vasteland. Hij houdt zijn glaasje jenever omhoog.

'Kom d'rin, Johannes!'

'Ik ga naar het eiland!'

'Ben je gek geworden? Deze storm waait niet over!'

Johannes draait zich om en loopt tegen de wind en de regen in. Op het strandje ligt Aaltje op hem te wachten.

Gezientje staat bij het raam en tuurt naar buiten. Met haar vinger volgt ze de regendruppels die langs het raam naar beneden stromen. Het strand en de zee zijn nauwelijks te zien. Alleen het fletse licht van de flakkerende stormlampen is te onderscheiden. Geeske gaat de lichten langs.

'Daar woont mijn zusje Fenne en daar mijn zusje Mina. Daar woont Jochem en daar Trijntje, onze dochter.'

Een bliksemflits licht het strand een paar tellen

op. Ze zien de bootjes zachtjes heen en weer wiegen in de storm. En dan is het weer donker.

Geeske vult een kommetje met water uit de ketel. Met een waslapje veegt ze haar gezicht en handen schoon. Ze weekt haar vingers in het water en verwijdert het vuil onder haar nagels. Het zand, het stof, het zout, het meel, alles lost op in het water. Ze trekt de spelden die nog in haar haren zitten eruit en steekt ze een voor een in de houten tafel. Ze borstelt haar haren en kijkt naar de witte kluwen die in haar borstel achterblijft.

Johannes houdt een hand aan de helmstok en met de andere houdt hij zich vast aan het touw van het zeil. De voorsteven van zijn boot wordt omhooggestuwd, wordt meegesleurd door de golf. Het lawaai raast langs hem heen, de golven die neerstorten, het klapperende zeil. De regen striemt hem in zijn gezicht. Hij is doorweekt. Het zout van de zee prikt in zijn ogen. Hij wil het water uit zijn gezicht vegen, maar hij kan zijn handen niet loslaten. Hij knijpt zijn ogen tot spleetjes en ineens ziet hij een streep van licht op het water, die verdwijnt en weer in zicht komt naargelang zijn boot door een golf wordt meegetrokken of wordt afgestoten, alsof hij met lede ogen knippert. De duisternis keert terug, maar dan wordt het water weer verlicht en ziet hij de golf die hoog voor hem oprijst. Zijn bootje wordt opgetild, wordt meegezogen in de stroom van de reusachtige golf die opwelt, en wordt losgelaten. Even voelt hij niets, hangt hij tussen de hemel en het water. Hij zet zich schrap en denkt vlak voordat hij op de golf klapt: ecn kompas wijst altijd naar het noorden.

Gezientje zegt: 'Het is een lange dag geweest.'
Geeske knikt.
'Ik zal nooit vergeten dat je mij het eiland hebt laten zien. En de zee. Ik neem er een stukje van mee naar huis.'
Ze wijst op de schelpen in het raamkozijn. Geeske pakt Johannes' trui, die over een van de stoelen hangt.
'Misschien wil je deze terug. Als aandenken.'
Ze staat met de trui in haar handen.
'Hoe wist je dat ik hem had gebreid?'
Geeske aait de trui, strijkt de draadjes glad.
'Door je haren, die je erin hebt verwerkt.'
Gezientje neemt de trui van haar aan. Bij het overhandigen raken hun vingers elkaar lichtjes aan.

Geeske denkt: morgen is de vijfde dag en is de storm gaan liggen. De zon zal wcer schijnen. Maar de storm zal zichtbaar zijn in alles wat er is aangespoeld op het strand voor Jakob de Jonge om te jutten. Ze ziet hem voor zich. Zijn gezicht bijna tegen het gezicht van Gezientje aan. De gele klomp tegen zich aan geklemd. Gele klompen zoals ze die dragen aan de overkant. Ze kijkt naar Gezientje, die Johannes' trui bij haar eigen kleren legt en haar hand even over de wol laat gaan, over de wieken van de molen die ze zelf heeft gebreid. De trui die Johannes zo vaak gedragen heeft dat er delen tot vilt verworden zijn. Ze denkt: hoeveel steken zal ik nog breien? Net zo veel als de schelpen die aanspoelen op het strand? De groeven in Johannes' handpalmen? Of de sproeten op Gezientjes gezicht? En zal het nog een trui voor Johannes zijn?

Hij denkt: ze is altijd bij me gebleven. Ondanks het smoezen van de vrouwen. Ondanks de verlokking van Jorrit. Ze heeft van mij een echte visser gemaakt. De zee tilt hem hoog en hij ziet het eiland oplichten in het licht van de vuurtoren. Hij ziet de waterpomp van het dorp, het huisje van Trijntje en Dirk, de masten van de bootjes die wachten op het strand. Hij stort weer naar beneden en een golf slaat over de rand. Hij geeft een schreeuw, maar de wind snoert hem de mond en hij hoort zichzelf niet. De boot helt naar één kant, Johannes houdt zich met beide handen vast. Hij kan nog niet uitstappen, de golven zijn te hoog, maar hij ziet het strand voor zich liggen, de donkere schaduwen van de slapende aalscholvers, hun nekken ingetrokken en hun snavels verborgen, alsof ze zijn onthoofd. Hij wacht totdat een grote golf hem opbaart en uitspuwt, hem zo het zand op duwt. De boot glijdt een eindje verder, lijkt nog even te vechten tegen het water en de wind, die hem mee terug willen nemen, maar komt dan tot een schommelende stilstand. Johannes blijft heel even zitten, maar springt dan op het land voordat zijn boot weer meegesleurd kan worden. Het is eb. Het strand ligt open vóór hem. Hij moet zijn boot een flink stuk vooruitschuiven, tot waar de andere bootjes liggen, zodat de zee zijn boot vannacht niet alsnog mee kan nemen. Johannes zet zijn schouder tegen de rand van zijn boot en begint te duwen.

Terwijl ze naar buiten staart, draait Gezientje de schelpjes om en om in haar grote handen. Haar nagels zijn net zo groot en rond als de nonnetjes die ze in haar vingers heeft. Ze legt ze weer terug in het raamkozijn en neemt de beker met warme melk aan die Geeske haar overhandigt. Ze neemt een grote slok en likt daarna de melk van haar bovenlip. Ze kijkt nog een keer door het raam en loopt dan naar de tafel. Ze zet de beker neer.

Geeske trekt haar jak uit en hangt die over een stoel. Ze loopt op haar blote voeten naar de grote bedstee. Haar benen zijn zwaar. Ze kan haar voeten niet hoger tillen. Het liefst zou ze met kleren en al de bedstee in kruipen, maar ze strekt haar hand uit om haar nachthemd van onder de dekens te pakken. Ze wil net haar rok uittrekken, wanneer ze gebonk horen en haar deur met een grote zwaai wordt opengeduwd.

Johannes' boot past precies in de ruimte tussen de bootjes van Jochem en zijn zwager Jan, alsof ze wisten dat hij nog terug zou komen en de plek voor hem hebben vrijgelaten. Johannes leunt even op zijn boot, kan in het donker net zien dat alle boten van de eilanders er liggen, behalve die van Goffe. Maar die zal naar de verre baai zijn gevaren, zoals hij wel vaker doet. Johannes denkt: het is ook mijn eiland. Hij begint te lopen, maar blijft op het strand. Onder de zeereep blijft hij verborgen. Hij wil dat Geeske de eerste is die hem ziet.

Gezientje schrikt van de deur die wordt opengegooid en door de wind met een harde klap tegen de muur wordt geblazen. De windvlaag trekt aan haar nachthemd en onthult haar enkels. Ze grijpt naar Johannes' trui en houdt die voor zich. Er staat een jonge man. De lamp in zijn hand zwaait hard heen en weer. Zijn gezicht is rood van inspanning. Geeske rent op hem af. Hij schreeuwt om boven het lawaai van de storm uit te komen.

'De barensweeën zijn begonnen!'

'Ik kom eraan!' gilt Geeske. 'Zet alvast een ketel met water op het vuur!'

De jonge man draait zich om en is net zo snel verdwenen als dat hij tevoorschijn kwam. Gezientje kijkt naar Geeske, die de deur achter hem dichtslaat.

Geeske ziet nog net hoe Dirk begint te hollen voordat ze de deur weer dichtdoet om de storm buiten te houden. Ze rent naar de kleine bedstee en pakt het stapeltje kleren en doeken dat ze daar al klaar heeft liggen. De wortels van de tormentil liggen erbovenop.

'Ik moet gaan,' zegt ze tegen Gezientje. Ze pakt haar mantel en drukt de kleertjes en tormentil tegen haar borst voordat ze hem dichtknoopt. Ze trekt de kap tot ver over haar voorhoofd. Ze denkt: morgen begint er een nieuw leven.

Johannes staat onder de zeereep waar die een stukje naar voren helt. Op de plek vlak voor zijn huis, waar Geeske hem vaak staat op te wachten. Een baken, denkt hij, een baken in de storm. Hij boort de punten

van zijn laarzen in het zand. Hij grijpt naar het helmgras boven hem om zich omhoog te trekken. Het is
te glad en glijdt tussen zijn vingers door. Hij neemt
een aanloop en probeert het opnieuw.

Gezientje zegt: 'Ik zal op je wachten.'
'Het kan nog lang duren. Ga slapen.'
'Ik zal niet kunnen rusten zolang ik niet weet of
moeder en kind het goed maken.'
Ze houdt zich met beide handen stevig aan de
stoelleuning vast.

Geeske legt even haar hand op Gezientjes schouder. Ze kijkt haar aan, wordt eraan herinnerd hoe
ze ineens hijgend voor haar stond, de licht uitpuilende ogen en volle mond. De sproeten waarachter
haar gezicht zich verstopt. Dan loopt ze naar de deur.
Ze heeft haar hand op de klink en denkt: misschien
wordt het wel een jongetje.

Johannes heeft zijn hand al uitgestoken, als de deur
voor hem wordt opengedaan. Geeske staat in de
deuropening. Ze heeft haar mantel aan en staat op
het punt om te vertrekken. De kap werpt een schaduw op haar gezicht en verbergt haar witte haren. Hij
zegt: 'Ik ben thuis.'
Hij slaat zijn armen om haar heen en legt zijn
wang tegen de hare om haar beter te kunnen voelen.
Hij wrijft zijn baard tegen haar huid, legt zijn hand
op de zere wervel in haar onderrug, het holletje waar
zijn palm precies in past.
'Ik ben thuis.'

Hij slaat zijn ogen op en wil haar aankijken, maar zijn aandacht wordt getrokken door iets wat hij vanuit zijn ooghoek ziet. Bij de tafel staat een rechte, witte gestalte. Het is een vrouw. Ze staat met haar rug naar hem toe, maar als ze zijn stem hoort, kijkt ze om.

INHOUD

DANKWOORD

Mijn dank gaat uit naar:

Willem Bisseling, die mij uit de grote stapel heeft ge-
vist;
   Josje Kraamer, die mij zo liefdevol heeft binnenge-
haald en begeleid;
   Lydia Bremmer, voor het meelezen en meeleven;
   Sanne Bolt, voor haar zeebenen;
   Pieke Hirdes-Ridderbos, voor haar rode haren en
meer.

VERANTWOORDING

De Bijbelteksten zijn ontleend aan de transcriptie
van de *Statenvertaling 1637* o.l.v. Nicoline van der
Sijs, © 2008 Nicoline van der Sijs.